开封，开封

李俊功 著

河南文艺出版社
·郑州·

图书在版编目（CIP）数据

开封,开封/李俊功著. —郑州:河南文艺出版社,
2020.5（2022 .5重印）

（文鼎中原）

ISBN 978-7-5559-0971-2

Ⅰ.①开… Ⅱ.①李… Ⅲ.①散文诗-诗集-中
国-当代 Ⅳ.①I227.6

中国版本图书馆 CIP 数据核字（2020）第 044374 号

出版发行　河南文艺出版社
本社地址　郑州市郑东新区祥盛街 27 号 C 座 5 楼
邮政编码　450018
承印单位　河南龙华印务有限公司
经销单位　新华书店
纸张规格　890 毫米×1240 毫米　1/32
印　　张　8
字　　数　174 000
版　　次　2020 年 5 月第 1 版
印　　次　2022 年 5 月第 2 次印刷
定　　价　50.00 元

编委会

序

地理文本的思辨喻指

黄恩鹏

地理文本包含典故、事件、风物。可以魔幻现实、借指喻说、历史镜像映照、哲学思辨、戏剧性片断、泛灵论等等,让文本有着可依附的载体。古代文本大多是地理文本,比如宋玉《高唐赋》之巫山,左思《三都赋》之蜀吴魏三都,王勃《滕王阁序》之滕王阁,王维《山中与裴秀才迪书》之辋川,杜牧《阿房宫赋》之阿房宫,苏轼《前赤壁赋》《后赤壁赋》之黄州赤鼻矶,等等。

李俊功的作品我读过不少,也是我多年来关注的重要的散文诗家。首先,他的写作没有离开中原本土:汴西湖、珠玑巷、棂星门、御河、顺天门、铁塔、繁塔、普济寺、四方城、北土街、包公湖、大梁门等等,八朝古都,九衢通途,几近囊括,诗中馨现。其次,澄怀味象的精神性与涤除玄鉴的哲学思辨。读之,如返大宋,如览《清明上河图》。"读经的人,内心,开辟河流,筑高山。收割诗句的血、骨头和铁,春华气息。"(《珠玑巷,棂星门,瞻仰孔子像》)诗人所思,是生命的持存。将过往时空隐含其中,以忆想绾合思考。观照古今迁替,揭示兴亡,是文本活性所在。也就是说,他站在现实的陵岸,读曾经热闹非凡的历史城郭,从中提纯触痛灵魂的思考。文之英蕤,含蓄无尽。陡然一惊的诗句,初心、正觉地提醒："看管谎言的疼痛,卑微的肉体,鸽子的合唱,古砖静物的象形体,事实的虚构,豫剧人物的狷介和苍凉。"(《城墙》)审美之惊奇,陌生化之语言效果,倾向性的预设思想,正是我期望读到的散文诗的"异类",或者说是独辟思想文本的意义化效果,甚至如同古人所要下的"吟安一字,捻断茎须"之功夫。

"惊奇感"是古今诗人追求的一种严苛诗艺。隐喻、超现实,或者镜像映照,是惊奇感不可或缺的手段。大宋开封之千种菊花,在李俊功的文本里,千种喻说,悉在彀中。"花香里有浸润的江河"(《菊花谣》)精神滂沱,轰然如雷。"用菊花的医院,收养受寒的人,冰冷的人,发炎的人,浮肿的人……"(《对一朵菊花赋予想象》)普世悲悯、仁怀天下的菊花,闪烁着人性的光泽。"裁几片阳光,做菊花的衣裳。

给它天地,它已无限宽广;给它梦幻,它则自由灿烂。"(《菊花一瓣,即可温暖受寒的心》)有如里尔克所言"我们需要的一切是在那些能够影响我们、时时置我们于伟大而自然的事物面前的环境中生活"之生命梦想。"菊,干净一若小小的寺庙。"(《在开封,谈论菊花成为日常盛事》)寒秋之凛,此花开尽更无花的独绝品质。观菊写菊,境与意会,不假绳削,哺以成章。以物象返照,来进行自我谛视。诸多文本,随意拎出一句,足够抵得上百语千言。诗人选择菊花为审美镜像,多种手法创作,不重复不雷同,着实不易。再如,"谁从闪闪的金瓣,确认出了豫东人的脸谱?"(《闻瑟》)故土族籍意识与强烈的生命历史认同感。"它在高悬。

我们一直情愿在其间落到实处。就像大门北侧,那株椿树,在我跟前,突然间站了起来。"(《大梁门》)物象的隐喻,指证着精神性的存在。还有写故土通许的诸多文本以及"九月笔记"中的短章精制《蝉》《臭椿》《萤火虫》《若灯红柿》等。一些诗题，带有叙事的提纲挈领之意，如《甲午年三月十五日和友人在通许踏青》《通许:查访裴氏城》等。生活在现实世界的诗人，对自然万物的感受，有动于心，冥然契合，撷其物象，腾踔入诗，将"泛灵论"之理念充扩其内，通晓世界本态的价值观与哲学观，或是对生命精神的超越性、丰富性和广延性的独到认知。升华众美，浑化无迹。字与词的打磨与雕琢所呈现的神来之笔，有精微之蕴与广远之势，并能将平凡的题材，精心打磨成精致的文本。

因此在这里，同为散文诗写作者，同为喜爱大宋文化氛境的我，不得不说，出生豫东平原的散文诗人李俊功的开封文本，与众诗家的地理文本迥然不同。

这部散文诗集，是一部丰厚的、唯美的"开封诗典"。

是为序。

2020 年 1 月 18 日于北京

（黄恩鹏,中国作家协会会员,国防大学军事文化学院研究员）

目　录

卷一　花木志

卷二 汴地

卷三　九月笔记

卷四　观心

卷一　花木志

胸纳千万声

泡桐,广布全国,春开紫红色花,树干高大,形象茂美,可制作家具,豫东泡桐还可制作古筝、古琴、琵琶等乐器。

——题记

一笼树叶一说话,头顶的天空顿然绿色了,时间跷起拇指,仿佛重新喊醒了世界。

树干里打坐的调琴师。

叶片上建筑的小小寺庙。

他们,他们携手在莽苍的黄土上,放歌瓦屋、泥块和举头望明月的盈盈嘉禾。

爱干净的白云它会听,听梦,听泪,听镰刀,听灯,听往昔,听无处不在的生命意义,听现实凋零的冤屈,听你我……

一株株泡桐,并肩站立平原的乐团。

它们弹奏:积薪过冬,扫雪迎春,立夏一日等待一束束奇葩并簇。

抹过眼泪,揉泡坚硬日子一若酸菜的苦命人,他谙熟泡桐里的歌碟,涵盖的欢笑和蔗糖,春风和秋收……

不？不？一行行泡桐不就是千年修炼的情人？

它在你的眼前搭舞台,在你的情感里晒经书!

独坐千年的豫东,和它的千里平原,是广阔的抒情,以及,句读之间,流水、空气和蓝空一并归乡的情忾。

说话的鸟儿,只是它的一粒很小很小的音符。

活着的泡桐——

活着的命,活过风沙;

活着的乐器,不老的苦难,夜和阳光,仿佛它的洁雪之舞、诗意元素。

活着的不死魂:天地之间,徐徐弹奏的生命乐曲!

那不是原初霜割冰裂、皮肤粗糙的泡桐树。

它是重新活过来的光阴!

徐徐——弹——奏——

我的同村人闻风而聚集,涡河岸边,呼啦啦长高的晴空,仿佛宽阔无涯的焦尾琴,教会泡桐丛林的乡亲如何耐心倾听,那有声,与无声……譬如,泡桐一族,身体深处积年的清音,怎么都比人类嘴巴上虚张声势的粉饰,更悠远、动情。

解开

榆树,落叶乔木,材质坚硬,难伐难解,素有"榆木疙瘩"之称,多喻人不开窍。春结榆钱,秋成种子。树干高大,用途较广。

——题记

其质坚,谁可解?

榆木疙瘩的命名,是大雅至俗,还是大俗至雅?贴近云空的枝条,拨雾,负雪,收藏林风天籁和万斛月光。

耐压不折,托住任何方向的喧叫和速度,也托住世界的安静。内心的年轮缓慢运转,仿佛碾轧过极度的黑暗,牢记着去往何方。——光,虚空,爱。

如此珍用光阴的润滑剂。

化掉冷意,慢性子的生长,杜绝腰身爆发、脱离根基的提拔,杜绝绿叶发紫,枝头横扫。

它只认厚重的黄土为祖国,只认站直的雄姿为内心的修辞学。

没有闪烁的眼神对于风尘漫卷的觊觎!

没有说,也没有跑。

一条,一条条,纤细的根系,探测到大地的心跳!固执地深入!

(我像它,有不解的又臭又硬脾气,有不解的扎根守源,稚拙粗笨的外貌。)

愚拙本性,在于一仍扩大人世间的草木情怀。它的梦,它的铺展无限蓝空的枝叶,柔软而富想象。

——这种坚持抵达灵魂和骨头的灌溉,则是阳光的见证!

沉默,质坚难解的干。它是它本性的自己。

根植于天地的象征。

它已然进入我的仰望——

我并不乞求熙攘喧嚣人群,对它离题的破译,或者谫陋粗暴的释解!

椹的联想

椹子树,也叫桑葚,全国普遍生长。其果,未成熟的呈青色,成熟后呈深紫色或红色。其叶可养蚕。

——题记

记得桑葚挂红,那个逾墙的少年已经触摸到乡村贫穷的寂静。

可以设想出一个庞大的园子。

可以设想出一个庞大的虚空。

园里的桑葚和园外的农业,都在老祖母的含泪瞭望中,旋转有声,唉,她说不出黑夜酸楚、难挨的漫长。

说不出按压的内心焦躁!

这似乎是无所关联的乡村物事:我竟然于此刻想到了年迈的祖母,她的孤单的身影,匆匆来去的小脚。

我在十二岁的白灰墙壁上读漫无边际、斑驳土皮的超现实主义宣言。

秋夜,也许是冬夜,按照它的课程表,天暗下来,祖母的纺线车子,企图喊醒沉沉星辉。

那声音,响亮,一把铁锹的掀动!

寒贫岁月关于黑夜的耕耘,她相信终会有种下的桑葚树的抹绿添彩。

我早已忘却。应该忘却桑葚树的神情之伤。

掘洞的钻机,吱吱扭扭地旋转,祖母纺线车子连续敲打的零碎暗影。

轰然倒塌的黑夜——

钻探到一团凌晨的红日。

莹莹晶晶,一颗放大的桑葚,在面前,火团闪现。

霍然,照亮了她的满脸泪痕! 一身疲惫!

唯有她的黑夜,像是黎明的排版。

向一棵树祈祷

菩提树,榕族榕属的大乔木植物。佛祖在此树下悟道,此树便被称为菩提树,故有"神圣的无花果""神圣之树"的美称。

——题记

心地自栽的菩提树。

从一枝一叶启程,风声小于弹丸。

栖栖人众,情感坚硬如一块黑铁。不要侥幸,你何曾短暂远离命运? 自我的欺骗总是倏忽的露珠。

你是的,在你自己,在别人,在物,更在时间的鄙视之下。

——谁呢? 却在无我之中!

是那个命运忘机的人。

草深一些,浅一些,都未曾将之埋没,他,能够高拔他自身!

更其蔚蓝的天空,倒映蚂蚁的麇集。人若云彩,任性扩充恣睢的想象。太多太多了,却恰恰脆薄如一席悲欢。

无须强挽:你来了,终究要走。

我们总是在善地相遇,透过迷幻的花影、掉色的光阴、彤云的孤单……看到其貌丽丽。

心海几何深? 一杯禅茶,一记淡忘,而已!

黑夜又把大地淹没了,那些未曾卧倒睡觉的人,在寂静中自觉,在澄清浑浊的内心自净。

未走,未动。你在菩提树下,在已经空净的身体内外,风云几何,荣利几何,寄情几何,远处大雁,如果为漫延的思绪注解,一瞬间,它们掠过了河道、寺庙、小麦田、泡桐林,童年凸起的土靶台,密集的桑麻地。

独自打坐的人,修筑隐形的无量碧海,在嚣世之外,无限延长。——春秋万澜,不染而纯净。

向一株菩提树致敬,祈祷。作为时间的陪护,它以绿叶,以花瓣,缥缈吉祥之云。

如此甚好,日子温暖而平静。

忍冬:大野微妙

忍冬,也叫金银花。常绿藤本。初开为白色,后转为黄色,因此得名。有越冬不枯的特性,佛教多以之喻灵魂不灭,轮回永生。药用功效主要是清热解毒。

——题记

时间的鞭鞘,有甩不脱的命!

履积雪前行的风,对于一枚发黄的树叶,绝不会旧事重提。

以枝叶、花朵,所结手印,不灭的灵魂,被大声召唤,安静一若奋蹄的骐骥!

忍受冬天的欺凌,活过来的,你就叫着忍冬。借着春天的鸳鸯岗,看到了你金刚般久不凋谢的面容。

越冬不枯,还有一颗企图跟随的内心。

一双看不见的手,救拔沉陷哭泣的人群,和无助的哀痛。你是病苦人世的证得:药效,清热解毒。

还有谁? 在廓清的大野,凝视一朵,两朵,无尽数的金银花。

色质洁如金银,当此立世。

自觉,是绝佳的品性。

将身子一再低俯于无边大地,仿佛车过虚空,灯光隧道,石头和花朵上的盛典,有关事物和精神的飞翔。

突然的崛起，一天之中，
暖阳似将所有的光芒，开拓你芳美千仞的疆域。

积雪，化作声音的倾听。像微笑，像素色的慰藉。
绝非仅仅自我的战斗，以己之力，仍要努力清除芸芸众生肥硕肉
身，疾病的垃圾场。

公孙树:临寒不惧

银杏,落叶乔木,果实俗称白果,因此又名白果树。还因"公种而孙得食",亦称"公孙树"。其木雕刻佛像尤佳。

——题记

牢记了,临风不寒。

和飞尘保持一颗心的距离。

栽树的场景是时间的关系:必须立于根土,才绽放新绿,延展光阴的尺度,茂盛其花叶。

是的,是的,那是栈桥。连贯着神和民间。

浴光之路,春天的升华,一切皆灵魂的温度。

枝干,闩住了生死无念。

它还是少了许多嚣世的回应。

那年,我在法眼寺门口发现四株百龄的银杏树,它们隐居深山多年,仿佛打坐的佛陀,巍然,静洁,所有的山风似乎都经过它们的过滤,含氧、凉爽,浸透着想象。

看护前山后山,以及一道无声的溪流,竹林间吟风诵日的雅士。

用满抱的果实,寄故人。

用一页页的黄,喝退利益化的人群,对于物质和金钱醉醺醺的吹捧。那是药用和燃烧。拨去寒秋的云,又一次升高了。

只是远眺：岁月浓情，与孤独同居。
雾霭或者祁寒，遭受冷遇的枝干，剔亮皑皑雪光。

它牢记了，临风不寒。
像季节雕刻的佛像。深山的镜像。

　　　　　　　　　　　　　　　　开封，开封

乌桕树:泊然大静

乌桕,落叶乔本植物,生长在山地、丘陵、平原等处,开花结实,冬观满树白籽,似银似星,俗称舍利子树。

——题记

嘘! 世界无声。

谁独坐内心,忘记时间的演讲? 忘记一切梦。

局外人一样:据守耐烦。

空气里的氧,静净到无形。还有一句话! ——"我将把自己喊醒!"

我记住了它。那年冬天,它像一位沉浸朗朗晴日的男士,站在香积寺门前。

一棵舍利子树! 徐徐的脚步淹没不了它。

小沙弥的讲经起于墨香,一纸抄好的心经,心情四溢的粗细笔锋。

他,把佛陀讲解得仿佛那棵不说话的树! ——它的无言而凝定的无视无想。

我跟不上它的高度。

当满树舍利子哗然铺开,理想主义的冬天被突然惊醒。

我提提脚跟,还是触摸到了仿佛叮叮叮叮扣我心扉的蓦然一声。

一声满天! 它把所有的走过都洁白了,把四季的喧哗浓缩于光的粒子。

相对于一棵树,我总是说过那么多妄言妄语(废话、假话、笑话、梦话、大话、脏话……)。

令我恐慌,把整个虚空驾驭于枝干的树!

星星闪烁,内心的冶炼,抱桩而立擎举着的夜黑昼白!
它静,再静,取出身体里的尘染,取出了无痕迹潜流的光阴。
它馈赠如此之多,雪花深处的绽放,命运的胚芽。

研磨白云一角,我,此刻,终于记住这一生的好词。

品梅记

在细碎的冰雪前。是蜡梅。像早年间我在贫寒的闫台村捧着清水看日出。

它用多种排解寒冷的方式,让围困的冰霜凝结为可见的芳香墨汁。

冬天的出口,尽管十分微小,那也是故乡的漫漫风雪路,顶着无数次磨难终于从村庄走出的人群,他们怀揣着蜡梅花一样的温度,度过世界,和菩萨的期盼。

开花,多么干净的事情。灵魂在黑暗处突然放射出耀目的光芒。

雪一定会来,冰一定会冻结,你在心里说:开花,开花。一枚枚红色篆印,高贵,醒目。

它需要有人耐心听懂自己隐秘的说话。

花朵里有一条淙淙流淌的河流。有一张母亲和父亲的笑脸。

好像那年我们在村庄以北说过的诸多时间寓言,大谈盛年抱负,豪言裕如,部分化为一笑空谈,部分梦幻如树、绽芽壮举,已于此刻再次醒目而独放。

和蜡梅花一一相互映照,我们似乎不曾在冬风凄厉大雪漫卷时刻交臂蜷缩。

几朵朵雪片,甚至扎堆的雪压,尤其显得宽阔的蜡梅花,它的颜色,金黄的状元榜,衬托着单薄的冬日。

荒野,逃窜到风雪的远处。

近处的蜡梅花,以微薄的己身还原朗朗的晴空。

静默的独白,大地收藏满地的雪光,是的,大雪的求解,在那端,无数场,无数次。

这样命名:秫秸花

他们说,她们说,那叫秫秸花。映红众生面庞逐渐扩大的幸福。
向上走的灯盏。朝向天空的照耀。

天空倾斜的光芒全部被它接住:我嗅到家乡饴糖的气味,乡下好
人的品质。

它只在荒僻的边角之地,静止,然后抵达。
在持久的改变中,成就废墟复活之美。

排比的阳光照亮了它的眼,眼中湿润的光阴;风中翻着跟头的沙
粒触碰它的伤,然后醒,在黑夜醒。

我说,土得掉渣的名字,它层层叠加的花朵宫殿,相信,里面一直
住着乡下命运颠簸的穷人。
更需要——
住着豁嘴的邻居,好品质的光棍汉,守寡的老婆婆,住着四十多岁
了才和带着两个孩子的少妇结婚的黑瘦兄弟。

刺玫瑰

——读史小记

头依天空,上方的光,亘古的风。在一身乱刺中挣扎:

多少解脱的异动,祈望开放的出头,个性的出彩,都是将之砌进锋芒的全部理由?! 如此,尽管如此,仍然保持着不倒的脊梁,以每一朵每一片的层层花叶,给寂寞内心开辟突围的疆场。

事实往往出乎想象,线装的史册,被无数根利刺,刺穿。

发黄的一角残页间,忽然显露不与苟合的狷介者,独自挺立,漠视的冷光,穿透千年,一如锋芒逼视,眼前,

失衡的惊恐人群,顿然错愕。

它含蕴的光阴之香,是故土谔谔直士的啸傲。

摞起来的史册发黄的纸张间,堆集的谀辞,是流传已久锈迹斑斑的谎言。

开封,开封

品兰记

　　山上，烟火散淡处，兰，凭借一川岚气，自由风声，修行。

　　它接触风云，看飘落的树叶如逃窜的惊兔，含忍着静谧，采摘自身之外的冷。

　　昨夜落下几页月光，和它交心。

　　被霜雪咬出白唇印的几粒石头，听它内心波澜不起。

　　横亘的身影，丈量过此山此景，时光漫卷，只做一日晨光视野辽阔，天边霞客。

　　心间供养明净的江山。

　　叶与根，深耕脆弱的大地，把无语之思借给不需偿还的人，旁观者、路过者、结伴者……小我中的迷茫者。

　　终于学会修习内心，脱离箭靶的登山者。

　　如果笔意纵横，那有镇静的一帖。

　　何谓笑傲江湖，于它，似看数把钝刀隐埋土石浮尘，老锈斑斑，世事陌生。

　　神仙的药葫芦，久藏的经年丸剂，在冬夜的连续咳嗽里失效。

　　仍然是它——

　　兰，守护着山上的旧居。打开山上的窗户。

　　和它的动静哲学。

慢慢把一年的积雪化掉，把深藏的绿，笔意祥瑞，在长如剑锋的叶子上升起。

看梅开

完全可以说:流水和明月是我们的富裕银行,还有河畔的梅林。

去看梅的心情绝对是春天的流水。

就在眼前,仿佛内心所想,你有着田野的空旷,也有着七彩鸟欢叫里意外的惊喜。

这里容许激动、瞭望,或者想象大海、星空。

爱上今生,怀抱甜蜜的风声;原谅错误,将过往种于身后。

寻找你几十年需要寻找的花叶和果实。

它们生长着的雨水、光芒、闪电、光阴的安静。

琴韵唤醒的记忆:仿佛上苍收获的安闲之云。

梅的果实送给恩遇的人。送给失眠的夜晚,她定然会梦到你的笑靥。

一切皆是看梅的绝好时机——

在一枚未熟的果实上读自己,并用另一枚成熟的,高举过喧嚣尘世,参透酸与甜、青与红、大与小的哲学。

是的,你已经能够用梅说出你全部的心。

树，或者隐喻

以站高姿态，视麇集枝叶如同父兄，亦是如地之友。
视落叶，枯枝，如同，废旧的言辞，蹙额。

凝视自己，从辎重的黑夜抽身，轻安，自在。
某种觉醒，发现。

薄云覆盖的晴天，柔软的远方，是你的重新定义。
似听到内心的敲钟人，感而遂通，闪避拥挤的车流，在吉祥的开阔
地，微笑，瞭望。
——嚣世沉没，万物大静。

容貌魁峨，
必以一棵树的形象高出原点的自己，和现实泛滥的功利主义幻
梦。

垂柳记

在向上与向下的辩证中,读懂日月恩光,和潜在的流水。

作为大地的特写,它孤独,冷静,呼应与世界的联系。

而它置放的现实,开放,安好,超越,承受神秘的心灵碰撞。

自喻为春天行走的马车。
绝不停滞。运载着捆扎的光阴货物。
自喻为正面背面皆光影丽丽,过滤雨水的瓦片。
绝不制造浓艳馥香的花叶宫殿,唯恐因自肥而自陷。

当你去除自喻,还原为本身,垂挂自励自策的长鞭——
愈加沉默、清晰,自觉于每时每刻对自身的鞭策。

驱赶在与不在,一切一切危险的欲望、闭塞的心地、盲目的行动。
催促身心互相善护和观照。
全然清亮透明,一若寺院晨钟。

只有你,越是接近阳光,越是拉长一丝丝向下的探问。
寒凉抑或热烈的天地,已经听到了你巨大的谦卑之意。

刺槐:怀乡记

五月洋槐树,在故乡头顶摇动,接近一场场虚拟的大雪。
芬芳漫卷,细密的言辞,说出那些尚未外露的时间秘密。

看吧!看到了,所有的微笑都不是象征,是真善美慧,仰头接见阳光、花朵和神的眷顾。

故乡,一定乘坐其中一朵,在飞。
飞过昨天的失败、羞辱,让花朵,在舒然展开的面庞上定位。

浩大的花海中。
它有这份能力,无限之大的拥抱,阻止了瘠薄身影的晃动不止,和黑夜的惊惶不安。——曾经的一朵朵叹息,在故乡的遗忘里消失。

以此相等:覆盖着故乡洁净芳香的祈祷书。
不仅仅关乎物质,更关乎内心的洗涤,来往故乡的道路两旁,群树相对,巴望许久的洋槐花夹道鼓掌。
似看到菁菁故乡苗壮少年青春飞扬。
而成长的黄土,像拱起的先贤脊梁。

远行或者回归,自由的乡人歌者,谁都无法走出洋槐花一朵一朵的属望。

　　　　　　　　　　　　　　　　开封,开封

卷二　汴地

大风吹送，看到豫东平原

早晨安静，如大风中仍不迷路的花草，坚持拥抱有序的内心。
它高过沙尘一厘米，就扩大安静的疆域一万里。
有跟着风的沙尘，却有拒绝风的草木，天地深处扎根。

豫东平原上的劳作者，虽然是淡薄的身影，却在贫穷的土壤里挖
掘到命运、倔强和不会枯萎的种子的秘密！

他们的身板不会因为数场大风而弯曲。
他们只会为日月照耀而仰望，为大地花开而俯身。

大风猛吹不止。
他们，为瘦弱的鸟群折弯的翅膀，为闪电击伤的绿树丛，
也为掩埋尘土卑微的幼虫，而悄然垂泪。

大风猛吹不止。
他们晃动的身影，每走两步，立马就会挺直，顷刻之间按捺住沧海
沉浮。
看看四周吹乱的物件，看看轰响的世界，他们
颤抖的内心，已像大地的怀抱，无限延展，放达……

开封

汴西湖的瘦水押韵清风的律令,它的承载,一队画舫仿佛仍是来自宋代的绝世之爱。一坨坨阳光,一座座隆然的词牌。

至纯,至净,大水,像包拯大人耿介的性情。送上的,全是湿润好词——

今天同样有很多人要带走什么。

不必搅扰远客的忧伤,我们都有着相同的经历:总有一座澄湖在内心持久等待,你的无法干枯的岁月,每每洗涤,才若新生。

它的喧动,是安静的别称。

并以清澈之眼,望楼影高拔如一粒粒鹿鸣,望忧郁的人岸边踟蹰,一例倒影如鸟儿掠过。

从龙亭大殿走下的人,从双龙巷口徐徐迈出的人,从珠玑巷转头返回的人,从破旧的出租屋迎接破损生活的人,说不定,那些都是前世的达官贵人、皇亲国戚、俊彦贤士,几个自锦袍金座梦醒的皇帝老儿,几个自胭脂盒里挽救性命的贵妃娘娘,几个意气用事不谙世事的赶考书生,几个正色立朝扶持公道赐死无惧的谏官,几个措置裕如苻融验走的村夫野老……

谁在揭开隐秘者的身世?

时间,唯一的见证人:善恶一视,美丑一辨。——熙攘人群的变幻术,于现实之中被真实剥离。

一群照影的人，或俯首深思，或搔首弄姿，或孤芳自赏，或比照日月倏然觉醒——

谁，已然看到堆叠的历史朝代簌簌的凋零，看到自身倒影的真实与虚假？

谁，视而不见，任带走影子的流水，给内心的苍老，冲洗出成串的漩涡？

而开封的新境，则是湖水澄澈，洗净天地人心。

我在此，瞭望，无语观照，内心的开——封——，开——封的未来，或者彼岸，与花朵和谐地凝视。

四方城

　　沿着午朝门广场一双雄狮以及御街之影,沿着内心的直线,寻找吧。

　　从魏惠王六年开始,一直向下寻找。

　　你,将找到情感浩荡,找到一座城的灵魂。

　　走吧,看它的巍巍雄壮历史,也看它微微如叶的叙述。

　　方形之城:恰如某某壮士,内外守正,福慧圆融,恰如岁月在手,抟土有型。——复活的脚印,是的,有复活的脚印在前面行路,有众人的脚步在醒着的方向上紧随。

　　而此刻,古城安静一若纯银。

　　褐色的古砖斑驳的光阴,有大写的一页页史记。

　　风华杨柳茂盛的枝条,仍然高挑着无际清风,清风沐浴的英雄铁骨、几丝惆怅。

　　这是上午,阳光盛满古城,照耀仰望的人、怀古的人、盈满热泪的人,照耀旷达才子、慷慨丈夫。

　　隐隐间,一双双手掸掉灰尘,天地壮观,清气充盈。

　　尽是光明无限,

　　尽是心灵盛开,生命的记忆,纯粹而静谧。

珠玑巷,棂星门,瞻仰孔子像

每于夜幕,乘着灯光,我们瞭望星空。与天相齐的深思者,望见我们的脚步。

身后的家园比守望阁更高。

城。蠢立的具象。

需要多少串红红的灯笼才能照亮历史的纵深处?

胸前画满外文字母的男女扭捏作态,视觉造假,她遮蔽了多少双迷蒙的眼?

绿竹,夜风伴奏。把所过浮尘过滤一遍。

悬挂天际:一抱青铜经卷,像突然打开的江河,月亮的扁舟徐行。

回头。仰头。那些活着的文字喊我。

那些河水汹涌。行于其上。

掌舵者不言。却用时间说话。

我亦不言。只用眼睛和内心说话。

读经的人,内心,开辟河流,筑高山。收割诗句的血、骨头和铁,春华气息。

市声低伏,折腾日子的人群渐已疲惫。

塑像其高无比,夜幕一样安静。

西湖湾志:9月16日

就像诺言的清醇与真情斟满八千亩光芒。

一湖水赶赴舒缓有致的布谷声声,和铁汁般融化的静谧霞光。
怦然之间,我已然爱上了你的澄澈,扩大之域,便是柔润无极。
杲杲秋阳,伴着我的脚步,远涉你细浪的泠泠七弦。

是如何深入骨髓的风吹涟漪,是如何悄然醒梦的内心沉默?
依然是湖岸绿草谦卑的俯望和上善若水的翔舞。

我已为某些哲辩和活着之水感怀许久。
清凉之水,清洗无穷日子的皱褶。
与一滴水不满不溢的姿态保持平衡:它足以抱紧日夜大地,容纳
自己,并找到。

细密,或者浩荡,安坐阳光,大湖迎送扑面清风。
我于其间收获花开的分量,以近以远,以逐渐自然的情感,观水,

我若,听到青鸟的鼓翼之声。
我若,以水的柔软存在于天地空旷。

御河听琴

初暮的河水在倾听。

北宋女子，绸衣飘垂，弦上指尖舞蹈，时间以鲜活而追古。

撑船男子一弦一弦行旅情深，舟止忘棹。

弦上疆场：骏马，霹雳，蝉鸣，奇葩，苍鹰，繁星，清溪……巍巍雪片飘落寂山……

指腕上的春秋：水榭，银河，佛殿，戈壁，驿站，蓬庐，熙攘老街，守望的月，摘樱桃的笑语翻飞……四季之颂，群山的回声。

月光的大道，故乡的灶膛，从容的蓓蕾，灿亮的玉米，黑夜的泡桐枝条挑起乡村的一窗烛光……

这时，你的容颜已像夜色一样透明而涌动！

你在等待一个完整的自己，仿佛等待一阕音乐浸染的时代。

幻梦蜻蜓的御河安静若隐。

灯光里瞭望，不语的花树和花树一样轻松的几人，以及巍然一座气脉昂然的龙亭。

当夜晚融化，我感念于你。

我如此卑微，一直预言石头开花，繁星如莲，连续的弹奏，是我的漂泊，是我杂念皆无的再度合掌。

剔除多余的废话，望见万物透彻。

那夜,数弦音乐随着徐徐流水,融入无限月光,仿佛,整座古城,倾听安静的历史内心。

　　开封男子,独自悠远相思,为一句句宋词般经典,陶醉。

珠玑巷:频频回首望

珠玑巷:冉冉走出的数人,走出的家,和距离的相思。

谁会识见路途上的梦想。

听到有人说:路啊,带我走!

响着昼夜的节奏:是的,重新体验攀爬,人生的低处或者高处。独辟的小径上,黄沙流逝着呼号,乌云翻卷内心,抱紧经卷的手,终将劈碎冰刀雪剑,维护根、血、楼阁和回忆。

黄土浸染的同脉姓氏,存活于方言深处,和365种孤独的心间。

必然是珠玑巷一角的属望。

必然是孔子铜像之下的一页论语。

传诵之口,呵护的火焰文字,炙烤着潮湿的自卑、无知和恐慌。但愿一章章分行的情感,都是不分行的手手相牵。

请允许,对此深情地千里拜望。一滴,一滴眼泪敲开的情感大门,黄河奔腾,长江汹涌,一万里豪情热血偾张。

台阶登临,仍然一级一眼泪,多少个我,在频频回首望!

"当我们的天空连成一片,家宅就有了屋顶。"

如果是一个个寒冷的夜晚,白雪让世界彻底照亮。

没有什么比思念更能表现无限空间的紧张战栗,饱含的痛苦。

但,我已用珠玑巷黄土为其奠基。

我已望见峻拔故土。

望见，搬去心中久积的石头。感觉到金黄色的温暖，不仅仅是目光。

花千树, 灯满城

——开封大宋上元灯会观览小记

莲花灯照彻的黑夜,洗白的云彩。我从灯下走过,从无语的光芒中走过。

谁能把我的眼睛带走?

认准的一颗心。

系着禁止漂荡的舟。

不,不是任何,不设置舟的隐喻,或者暗影。

幻象吗?

赤裸的明月。

此刻照我!

我已经不记得一场雨的突降。

夜的晴天。

一念的晴天。

紧随一朵莲花,灯,它以沉默示我:光阴已然开放

但,允许我忘记,

这旋转的灯轮,抹去了一分一秒的刻痕。人语,喧嚣,匆促的脚步,风吹弯的腰身。

人世间,潜隐着一声清泪!

否? 否? 否?

似有人问答:在! 在! 在!

城摞城:顺天门

寂寞,一块黑铁。压着顺天门的额际,第九层浮尘累积,第十三层汗水黄土,以及碎石乱砖的牙齿排列。

被记忆咬碎的老枣树,像暴风斩断头颅的囚徒。

像惶惶然,撞击老墙的空空水缸,砰砰,天空碎裂的残片,砸陷于松软泥地,四处飞溅。

满脸伤痕:失散的故乡。

远走的乡人断裂成一段,巨大的沉默。

时间:全身乌青。

卧于历史倾轧之下的沙土荒村,卧于滚滚黄河一泻千里的野蛮与狂怒。

沙与罪恶为谋。

黄水与覆灭为虎作伥。

开封,起始于地下,上升至阳光普照的最顶层:夷山嵩嵩,年画里的熙熙男女可就是隔门的邻居?!

第一层的目光探击,站着我的身边熟人,我的女子,我的热辣辣目光的开封男子,阳刚少年。

我也紧随,看一双双手扶起来的一粒沙、一片瓦、一页揉碎的树叶、曾经灯火的夜晚。

还有,消失的一声声呐喊!

正是,一条顺天大道,开辟于逐渐理顺的现实:它急迫地要求走动,或者飞翔,找见亲人。

大道与人群一块围拢,远近一归的顺天门:站着,相等,仿佛暗数日子的第几时,第几分。

城墙

它看管一座城的人口,粮食,火焰,时间的秩序,秘密的窥探,辽阔的情感金矿:荣辱,富贵,贫贱,罪恶。

看管雪花,世界派出的信使。

看管谎言的疼痛,卑微的肉体,鸽子的合唱,古砖静物的象形体,事实的虚构,豫剧人物的狷介和苍凉。

老槐树长枝上的喜鹊,拥挤的天空治愈雾霾的一贴膏药。

看管五十里天空和风暴,三千年宫廷剧动荡摇摆若地痞无赖之心。

不,不是楼群,街道,是看管七流八脉的水系。流水上划动的阳光、雨水,灯影无声,亭阁欲飞。

看管蚊蚋病害,佞贼惶惶,谏官介然,前朝夕照如恹恹一病。

繁华盛容我不去占有一爿,皇皇大观的寸土寸金我不敢掠为己有,城市仿佛我的恐惧症。

——我只是古旧田土上的野老闲士,悠悠踱步,偷眼偶得残砖的缝隙间遗漏的逸闻稗史。

我有春野千里,不需喧嚣一角;拴绑的钢筋建筑,高耸入云,如何遮挡我失去泥土的巨大悲伤。

我害怕车轮滚滚碾轧的地下宫阙,在模糊的历史中再次塌方。我害怕烟云的补丁败露骄奢的旖旎风光。

我害怕顽固的脑海间一场又一场幻梦肥硕。

我只好借得内心,在城市看管住一个自乡野而来落拓的我。

丢,是一枚可怕的词!

晋安路

向东的延长：一脉光，被一双眼睛接住。

接住半生的照耀。

向西的寻找：一句话，被一双脚步传递。

传递一生的爱情。

莲花在经卷上绽开。

打开的心擒获了大小罪恶。

看见湖，透过它的水，端正手上的镜子；看见久远的绿树，安置好它的静谧，灰尘从它的叶尖滑落，此刻天空澄明。

有人说，这就是梦想。这就是迈步。

一阕新词，在向阳的一面，孵化而得。

暖阳在东，清风在西，一男子在晋安路沉思，不言一语！春开了，心开了，它的万千秀树红花，随之开了！

铁塔:拨开黑夜,乃至星辰

记忆,太像栖栖寒士。陋巷尽处,黑褐色背影,一阕闪现。

故事漫漶,只留坚硬的骨头,敢于和冻僵的岁月碰撞出霹雳的火花。

悠悠长夜,

有着铁塔擎起的高度,甚至刺破岁月谎言,进一步把砖石上的佛像放大,再放大。

就像我每日内心曝光的忏悔,举着灯,它的光,以及残落荒诞零件。

探知虚空秘密:对于一个人,无的意义,胜过嚣杂世象牢固认知的万吨黄金的价值。

翼翼直立的腰身,狙击风雨的力量。

一千年相对于生命的短歌,到底是什么样的概念?

它以无动,一次次穿越黑夜的漫长。

看它岿然,默然:击溃时间的呼啸。

我在阳光下安静。

站。

立。

仰。

望。

普济寺

没有风吹。只有光,有光一样的觉者。
完全可以剪辑的光,是一种修补。你的那些漏洞——
在内心数数儿吧。

靠自己喊醒沉睡。
放下搬运影子的手,疲累不堪,手上的泥尘。

当我长久跪下,顿然成为虚空的一点,亮着灯一样的静默。

繁华的大梁路北侧:小小的寺院,盛开一朵安静的荷花,清凉广
大。
城市,是其身旁陌生或者熟稔的匆匆旅人。
而一声声祷念,四处开花,若春天的广邈所在。

北土街九号:蜡梅花

望到它,年轻的绿。
在阳光和清风里奔跑。

它触摸未来的窗户。
无数次无语的相见:愈加安静的宽阔
倏然收藏命运的夏。

转折处,像一枝的延长,一直坐至冬天。仍然悄然舒放。

一株蜡梅,开掘容纳既久的光。
继续接应强大天地,冰变成水。雪融化哲学。

独自的刻刀。
雕刻寒冷、遭逢的磨难。
在历经冬天的大雪中活着。在低着头做人的暂居者想象中活着。

而它的距离
是花。
花的居住,像神的皇冠。
亘古的瞻望,哪怕细小,清香类似无相,暗含着贫穷的挣脱。

一帖光芒

在遥远的身心,我有十亿亩荒蛮之地。

欲望的白沙,捶打铺野的绿禾,贪念的钢钳,它有征伐事功的凶悍面孔。

黑夜,我在解放大道蹚过灯光,送别火炭的白昼。

风吹,其间撷取的宁谧,比喧嚣缩小了万倍。

我有避而不谈的时事浮华。

有看尽萧萧人群的闭眼沉凝。

有孤单的安在,对一幕幕闹剧的断然拒绝。

有不告诉的神圣秘密。

有舍却回忆的空白。

——喧嚣场景在昨天散尽。谁,已在设局既久的时间之谜前破局?

站起,犹如开封东北部那座千年铁塔。

多少人需要在自身的傲慢中突围,在自我膨胀的张牙舞爪中感伤一个狂躁的时代?! 隆然擎举白衣阁的完整钟声,忽然做我心灵的临帖。

观照一帖帖光芒,唤醒体内的无量世界。

我忽然记得,我,我们,一次次前往的时日,和那时的纯然心性,关于围绕未来而搭建的虚无城池。

说到其间对于罪愆及愚痴的突围,我愿意这样毫不迟疑,撕下笼罩犹如冠冕的假面具。

古城墙坚固的砖

坚守是一种奔跑,只有时间的眼可以看见的穿越。

亮着花朵。浸染着最为本质的彩。不语,不答,不问,不显摆,不狂妄,不洗脑。

抬举着历史的伤,用沉重的夜色奠基,如果一声不吭已然成为品质,不管隐没还是显现,它都要强过各色风声的内心。

我们在开封古城墙上长久站立,凝视一千年如何让一块砖沉默,如何让更多的砖拥抱,如何让一队砖秩序不乱,守护住伤痛、雨水、淤沙、暮色、晨曦、夜深人静和载歌载舞。

一定有人在垛口俯瞰爱情,攀缘高枝,翻阅楼头……

一定有人在墙基倾听私语,躲藏黑暗,玩弄阴谋……

一定有人在城墙内外反观现实,审视过往,透视面目,思考出与进的哲学,辩证高与低的境界,修炼道德的仙丹,遨游时空的尘垢,施展催眠的巫术,装饰诱惑的洞口。

而此时不见!

阳光照耀,冬天的草木延长着古城墙沉默的活力。

她的手指指向剥落的古砖上模糊的繁体字。

叩问。叩问。

"你就是时间?""你就是昨天的证词?"她在自问自答中求解整个

城墙。

而整个城墙，就是那双手的特写。

刺以及绣

——参观开封汴绣厂,感怀时光如针

被一根针刺绣在世事之上。
永生相恋的针线像爱情。
在朴素的真实间穿越,
在沉落的风声和乍然开放的花朵间穿越,在定格的惊愕中穿越。

山顶神灵,吹响号角,蹚过雨夜的脚步,踏上故乡的门槛。
缝补生命一再的疼痛。

和舞姿翩翩的日月,和潋滟水色,和含笑的自我,
于不期中,寻找中,时刻遇见。

内心深处的大静,做人的立场,凝神一端的态度,基于古今史实的
描述,本就本位,绝无一丝一毫的错位,绝不容许一针一线的舛误。
且于每时,让生活以及内心坚持于两极:
刺,绣。

那些若即若离的许诺,那些亦真亦假的携手,那些醉卧酒肉的友
情,那些冠冕堂皇的谎话,那些青春嗟叹的荒废,那些膜拜世弊的流
俗,那些粉饰光阴的暗伤……
一再被无言刺穿。

针线的功夫,光阴的牵引,目光到处,心到处,花苞乍然开放,美梦

芬芳,逸兴神游。

牛耕沃田,虎啸山林,夜鸟归枝,风雨诵经,帆过川流,活着的风景,灵魂荡漾。——人群像秋天的果实成熟了,自然化境,真理的丛林,笼罩我们的头顶。

葱茏生活的两极:

刺,以及绣。

晋安路 158 号：一个人的晨思

久远以来，我的一念之间，往事毕至，它需要我觉醒，拉亮黑夜的灯泡，为忽然的冒犯而忏罪。

时常感觉对不起鸿鸿万物。

它们有恩于我，筑我荣光，助我福慧。望见真理招手示意，走，或者不走，让我追慕。

——宁日，我得以瞭望平静万里。

放缓脚步，倾听灵魂的祝祷。

其实，你无权惊扰一粒微土，山的自塑像，叶子正面与背面的光，甚至整个世界。

我如何做到隐忍，且精确?!

安住无染的内心，拒绝人间潺热。

令火撤退——

大水洗我，莲花朵般硕大清凉地。

坚守一个字，字典的庙宇。我不想说无益无用的话，哪怕一句。

安谧的早晨，我因为凝视光芒，祈求剔透若此。

我悲伤过了，喧嚣过了，现在，善，对待的一切，是静谧的自我泅渡。

在城墙上瞭望

开封城挺立着时间的脊梁,化身古城久远的牢记。

以稳固的姿态,喊住城市紧张的心跳。

喊住冷风的慌张,大运河的张望,白云自由的脚步,清明上河图的人物万千。

喊住汴河,御街,喊住市井野老亲切暖耳的声声叫卖。

喊住赋予砖土之外对于一座城质与貌的塑造。

超越遗忘:龙亭峻拔,铁塔巍峨,书店街清雅,棂星门庄重,古巷幽深。

超越遗忘:翰墨飘逸的信风,地摊摆放皇宫遗落的金器玉件,高低有致频频交流的古老乡音。

肩头端坐的朵朵菊花,曾是延续经年繁华的省记。仿佛说:用心,用心,慢慢地开。

热烈而温馨。菊花剪辑古城开放的基调。

以花朵造型刻画的古城,菊花一样地复活。

一瓣,一瓣,冶炼日子的黄金,暖及城墙内外,如心扉的牵念。

在城墙瞭望。城墙亦如此。

一双合拢的手,紧紧牵着城市丽彩的日夜,开始了关于灵魂的舞蹈。

大梁门

大梁门是开封城迎和送的哲学。

是历史和现实进和出的辩证。是光阴悲欣与众树绿风的敞开。

城墙游龙醒着的眼。

光阴一千年的卯榫，一千年的破局。

是时间无痕，城市史记的扉页。

是风的绽放，负重的答允。

我们曾在大梁门南侧坐而谈古。

我们看它的人流和车流，在绝大的虚空不留任何声响。

一座城市记住了我们在诗歌的大梁路上徐徐地行走了吗？记住我们几次穿城而过？谈论清风席卷内心，善恶有果人情世事，爱大雪，更爱雪的融化。

更爱幽幽如鼎炉的安靖之心。

我们企图明白城墙和门洞的关系。像一阵风和灵魂展开激烈的辩论。

它在高悬。

我们一直情愿在其间落到实处。就像大门北侧，那株椿树，在我跟前，突然间站了起来。

小暑：近距离的黄河

——己亥夏和诸友驱车看黄河

可以放浪,可以慷慨。
可以送别挚友,也可以送别黄河。

此刻,黄河敞我胸襟,它一千里的舒展,宛若我放旧过往,丈量到当下,内心的一寸平和。

水上的光芒,入豫的一帖随想。
可见的与不可见的,都是我心的呈现:我想对着所有说声谢谢。
持最为简单的言辞,世界的见面礼。
需要我为黄河俯身。
需要我为黄土俯身。
哪怕岸边的莲花,茂密的青草,速生的白杨。

我发现蹲在豆角架下薅草的农民,他的悄悄晃动,像突然放大的夕阳向着黄河的徐徐贴近。
我有不去惊扰一切的耐心。
认可现实的任意与随便。

必须在自己慌张错乱的脚印前止步。

听——,听——,黄河大水,顿然扑面,洗去我所有的不洁,甚至绵绵一念的不善。

对岸:绿的村庄在一朵朵浪花上学会安静。

两只大鸟,飞在 2019 年夏天,黄河的上空像时空两道不停延伸的铁轨。

我喜欢深远处更多看不见的绿色。

在夷山大街一侧隐居

必然有废弃的世俗城池。
当喧嚣人世,因迷醉而沉陷。
我有不读的黑夜。我有举目仰望的日光。

我积攒着那么多好句子,是不声不响对于沉默的描摹。
当我避开过于浓烈的花瓣,簇拥的红楼群。

我所有你不见的隐居,恰如光芒照透,并将设法暴露我的千劫万
世。我已做锻打新旧岁月的老铁匠,让熊熊火焰认领光亮、刚硬的核
心部分。

暗中的祈福,飞翔,展开无限的虚空。

夷山大街东侧,我企图避开内心的乱世,一次次奋力拨开曾经扑
满灰尘的眼光。

划过漫卷的夜色

自大街的喧嚣,回归枣红的桌面。身外楼群华屋是我的畏惧。开封于我只是客店的全部比喻。

我忠实瞻望人民的世纪。

把夜晚的现实主义注解为灯火璀璨。

把下坠的日子变轻,变净,变得白如菩提,红似澎湃敬意。

沾泥土,带露珠,冒热气,热爱并需要足够温度的现实!我对充满生活质感的人群,报以鲜花掌声。

整个豫东平原,实现我倾听的耐心,以及经卷上的旅行。

每当夜幕逼近,我光明的希冀将会准时燃亮。

再一次,再一次划过漫卷的夜色。

开封,开封

豫东:平坦的地理名词

在豫东,没有故作高深,只有一望无际。

一眼看到的是阳光,一眼看到的是绿色,其余,是忙碌的人群,记住天地覆载,在心灵福田种植金木水火,福禄寿禧。

花朵的祭器,种子的膜拜,善恶愁苦一起跟着成熟,——水是水的分明,路有路的去处。

豫东,置一千里平原安放大河、寺院、鲜妍的现实、福绥乐境,安放故乡、钟声、祈愿、时间愈合的伤痛。

还要安放灵魂的大厦、止恶的铁闸、慧眼的繁星、疗疾的草药、太平的歌词,以及抬头敬天、低头悔过的众生。

不需要模仿,模仿的虚假,无异于深度的伤害。

就让它保持平坦、幽静、腴润,赐福与物,以茁壮庄稼的品格,造就平原。

人类亦是,不让一粒种子荒芜,也不让一只小鸟因饥馁而号寒。

一庹之长的土地,就有一庹的神灵守护。

它的平,或者平衡,
豫东:平坦的地理名词!

绝没有一寸山河失重,其体量,即茂盛、正直、永远的昂奋向上。

麻雀飞,村庄的幸福起舞

一

村庄上空:小小的剧场。

二

从未被村庄嫌弃的穷亲戚。

它串门,就是赴宴。

相处的和谐与亲情,它歌舞的五线谱,那份慷慨,就像在天空租赁一百华里的白云和流霞。

三

在村里,瞭望,跳跃,飞远,周游列国,麻雀被称为家雀。

自然,随和,自由。

它的翅膀上有乡村的飞机场。

它们瞅见村头最高的泡桐树,一起飞来了,在开会,交谈的全是带着泥腥味的人间方言。

四

背着行囊的男子,打开院门。

抬头望见蓝空,和一声声送行的鸟啼,他舒心地笑了。

他的笑里,有一爿剪辑的豫东平原和此刻获取的妙思的晴空。

内心怀揣的小想法,若这家族庞大的麻雀,欢跃,灵动,涂抹着早晨逐渐洇开的淡红。

待他走出村头,猛然回首,泡桐树的高枝上,几只麻雀向着他鼓舞欢叫,数声不止。

他凝定,默然,仿佛诵记一出高潮迭起的家乡戏,然后,昂首走远了。

五

沐雪的光阴。

像极了这群巡游的麻雀。

此刻,一只,暂居枝头,不动而静。

六

雪花与麻雀,守着泡桐树枝上冻着的冷。

趁着寒风尚未刮起,嗖,声音的箭,射向房屋外的天空。

原野白雪覆盖,展开了大自然洁白的素笺,——麻雀的一笔,是这无限内容的撮要。

七

飞上一圈,重新飞临村庄上空,它是自干净的田野突然取回的一粒寂静。

八

凭借飞动的翅膀,驱逐了骨头里暗藏的冷寒。

九

走在暴雪朔风里的人,听到麻雀叫声,

他知道,加剧的心跳,和迎接他的村庄,那一次次呼唤,已经完全合拍。

十

包袱里深藏麻雀欢叫,助他走出大雪压境。一声喊故乡,吐尽苦累伤痕,胸怀久积的苦胆汁。

走近故乡,满脸的沧桑,被迎接他的鸟啼,舒然抻展,整整八百华里。

十一

如果关于村庄的往事,有麻雀在飞,一枚枚扩大的幸福,麻雀的啼鸣,乍然开放成芳馨的花朵。

被慢慢渲染的村庄史迹,在麻雀的一起一落间,像黄土里渐渐隆起的红薯地,显得舒缓并富于韵致!

十二

从世俗的洪流中一跃而起。

头顶的麻雀,大地爱与眺望的脚注。

绪论

鹧鸪叫于南城,仿佛不是秋天的事情,它仍然孤独地啼唤——
我在窗下掌灯,聆听和倾诉,读经卷数页,谚语几则:
"与其浊富,莫如清贫。"
"良心要像清水一样亮,骨头要像柚木一样硬。"
——荒凉世界的指示路牌?!

今天,雨未落吧,开封大地依然湿润,如素净花色。

秋阳适宜阅读,秋雨适宜品味,走在寂寞远道与成熟的嘉禾相逢。
学会俯首,不说话,致敬寸寸光阴,避开内心险地,其强大能量,在
拒绝盲从的胸怀之间无限生长。

——压下去,
压下去妄念、愚痴初起的微澜。

十月十五日的月亮

一

突然发现它的清奇似雪。

豁然的白,亮。

我惊异于出现在奇幻的世界。

灯光暗下去,狂妄的言辞暗下去,脚边延伸的小路,划开了动与静,安稳与混乱的区域。

我想,那应该通往城市之外的田野,那里,广阔的麦田上起伏着大地呼吸,流动着自由的清风。

——定然,一棵,哪怕是一棵仍然碧绿的车前子草也容不得一丝纷扰。

二

光洁、鲜活,像刚刚诞生的莹润婴儿。

三

满地月光,灿亮如白羊在草场上撒的一个欢儿,安静如萤火虫盛开的声音。

夜色里的急切、沉闷、压抑,一丝丝洗净,一个绵软的故事,仿若不尽思念，有些悠长，有些悬念。

在冬天的大面积倒伏中，我看见站着的月光，并行我的身边。

月光下，和树木，和流霞的菊花，和郊外绿意，我们在心定的位置，向上不停地仰望。

四

有一下子照透的古今，有一下子照透的善恶。

一张足可比照的图画。

啊，在心。在远空。在融化的情感——

悬挂。

五

唯一的选择题。

给这个十月十五日的夜。给夜行者的火把。

沃土豫东

黄土:季节最为生动的细节。
我在无数嘉禾篇里,诵读到诗词的感动。

厚实的生命辞典,于其间找到隐藏的人间哲理,是不是你的前世,
抑或命运的预言?

绿火焰,它剥开厚厚的雾障,黄金的秋天,肃立,华贵,露脸即莹丽
有韵。
你早年的誓言和宏愿,化作幸福的事物静候。

来此相约,你收藏关于整个豫东的大道,坚实的脚尖任性地敲碎
囤积既久的意念冰霜。

给这些道路惠赐一匹匹马车吧。
暄软的黄土粒,粮食的寓言,硕大而真实!

目光闪烁,扫净尘风,忧郁,
一拨拨干净的籽实,捧举到与神明并位的宽阔额头。

花色

    种着楼群的城市,开放的庞然花朵。我是蛰伏于隐形下的叶子。常常因为躲避物质的沸腾,暗暗走过高大的屋顶,潜隐名姓。

    在寄居的古老小城,被企图染色的风声吹得东倒西歪。还不能让花朵的利刃撞倒,爬不起来。

    我是被清凉月光一次次扶起来的人。

    摔倒了,一个个挣扎着爬起来的人,睡在高架桥下,躺在泡沫的工棚,暂歇在浓荫的行道树下。……阿慧举着电话和丈夫急切的目光,向撂荒的土地连续致歉。送外卖的中年人捂着雪地上的伤,内心暗想:表哥,今天我又赔了……

    就着干面包,蹲守在流动的火车站,等待回归故乡的打工男人,浓密枯黄的胡茬刺穿了他狭窄的脸面,此刻,仿佛潜隐名姓另一个我。

    终于,他想对着接站的亲人,说说还没有讨要回来的一年工钱,忍住的哭,被几滴眼泪重重地接住,被黄色的牙齿紧紧地咬住。

    像咬住一头将要张口吃他的邋遢疯狗。

    我真的想走上前去,把在城市仍然挺立的另一个我,暂时作为他憋不住的情感一道发泄的出口。

    他的眼泪浓厚,似乎遮挡了我此时极度的惶恐。

    ——我害怕惊扰任何人隐藏或者外露,于任何境地活着的尊严。

在开封,谈论菊花成为日常盛事

在九月寻找菊花。
在一朵花里寻找丽人。

在漆黑的夜里寻找点亮的灯火。一个城市的菊花盛事:于内心放飞蜜蜂、信笺、光芒,送信人送来陌生人的问安,相思者迎接唢呐的奏鸣。

给一群鸽子引路吧!天空长着蔚蓝的眼睛!

那个站在寒霜里亲近菊花,冶炼风骨的老者,他是我前世的恩人。
那个站在古观音寺前,以花香洗涤三世罪恶的寺僧,他是我现时的导师。

菊,干净一若小小的寺庙。

金瓣飞扬:笼着梦的阳光,看我们在秋天开着不尘的心事,开着不寒的花。

菊花写真

站着。以阳光的姿态站着。
决不慌忙从这个洼地跑向那个高冈。

压低企图过快的脚步,坚守,身,口,灵魂。

害怕一丝松动就会伤断隐藏的深根;更害怕一下子找不到后土的
家。

叶子的翅膀,绿茎的机坪——
如果确认它的飞翔,它只需翻过内心的高坎,愈加泥泞的土地。

我在通许看到成百上千亩菊田。它们,把霜秋划定为灿烂的场
景。
一株,哪怕一株,以花的海拔,立于寂寞的荒土。

它有那么低的身材,却有那么高,深情望远的眼睛。

在宋韵千菊园观菊

菊花顶端流水弹琴,声音如此:轻,柔,不疾不徐,你恰好听得到。
仿佛得到爱情,菊花喊你,日暮即临,托住尘世的轻影。
　　喊你在滚滚扬尘处走远。清空欲望,浮想。
　　洒脱:镌刻于花瓣的品质。

营造梦境的宫殿:关于神的隐秘,安详,富足。

允许蝴蝶飞临,留一世好名。
允许和阳光携手,制茶、酎酒、酿蜜。

我渴慕淡菊半生,光阴绽放。自其间,取出吟笺、秋水和箴言!
菊花救活秋天的阴云,铺金满野。

只让寒凉大地奔赴火焰。让卑微之辞简述高贵。
清芬菊海,撰写万亩警句——
一瓣,折叠山水或经卷;一蕊,说出尘世之爱与灵魂之洁。

从花朵至心,仿佛跨越命运的栅栏。
见花,即见菩萨。

非但花开,我的心,早已于荒寂中悄然吐蕾。

擎

如果它不在秋天开花，我将不会发现孤独的它。

把萧瑟季节燃烧成火炬，反常于众，是不是唯有菊花？我承认我做不到这些！我时常因混同人迹而混蒙无知。

擎举着自身穿越自身，还是擎举着开放的心穿越心？

菊花的宽阔无际，宛如某个人无欲的欢喜。

冷霜的八十一条银针，刺上去，刺不破！

每经历一次，它都悄悄开一层花。

冷静的美！笑，变软了。

是站立原野，默然诵经的居士。我从中，倾听到天地的大音无声，倾听到寂静的甜蜜，自以为是的人类突然发出的惊讶。

菊花谣

为秋天打开如此多的时光通道。花朵,花朵,花朵,你看见那些四处寻找的影子。

你于迷局之外,独自站立。

花香里有浸润的江河。
吹乱的烟尘里,你已然喊住自己。

既不屈服于寒冷,更不在秋风里失守。品性安顿。开凿穿越冷冬的门洞,一切变得清晰。

视线远处,荒寂之侧,大片的菊花,以骨相之质,扶正每一帧风景。
让自己,只服从芳菲的内心。

菊花一瓣，即可温暖受寒的心

提炼泥土里的黄金，温度。
惊艳，或者芬芳，寒冷的解药。

拽紧季节的沉降，看见花朵的干净，也看见花朵的安详。

我们在此相聚，谈论哲学、诗歌、爱情、美学，谈论道、理、佛、菩萨、心经，也谈论庄稼、食盐、云霞、清水、苹果和镜子，甚至瀹茶持禅，淡然一切，鄙视动物人下坠的高贵，杜绝涉及酸涩、悲伤、利益、憎怨、疏懒。

裁几片阳光，那是菊花的衣裳。
给它天地，它已无限宽广；给它梦幻，它则自由灿烂。

江河奔流的原野，行旅的心灵，抵达秋天的花丛。风声起事，拒受寒者，唯有它。

喊住

喊住你匆促的脚步。

喊住你狂乱恣肆的欲望。

你扭头之间,看见数丛菊花笑到你的心里。

我们总是习惯于往前靠,习惯于脚不连地地飞,习惯于将花朵温润轻悄的劝慰遗忘到脑后。

希望有个人,或者某些事物,喊住你。

秋天的菊花只是其中之一。

此季独一的绽放,是它的资格;攥紧的手上,黑夜霜冷的碎片,是它的资格。

一朵心,扩大的疆域,芳香的花朵,不能说它不是秋天铺开的吉祥云。

它一出现,无语,无动,多么像我慈祥的老祖母,在一块破棉布上修补残破的日子,泪光莹莹,若闪闪金瓣。

喊住。以喊住的姿态,杜绝所有潦草、潦倒抑或撂倒的人生。

宽阔大地,悲悯歌声嘹亮无际。

如此壮阔,虽然寒冷弥漫,它的花朵依然遍地竞美。

对一朵菊花赋予想象

你说着霜冷的时候,一朵朵花就开了。

一只蜜蜂暂时还没有收缩翅膀。

一封来信上的泪水湿润,所有的文字都萌芽了。

你数数这朵菊花,一共有九十八朵清丽花瓣;你数数自己的心情,一共有九十八朵象征。

用菊花的动词赋诗。

用菊花的形容词打坐。

用菊花的医院,收养受寒的人,冰冷的人,发炎的人,浮肿的人……

你面前摆满金黄的菊花阵,给你解说如何在扬尘的秋天解脱。

不让眼睛麻木。

免得天气太冷,你的视野,没有冒着热气的茶。

或者缺少开着好心情,镶嵌纯金的菊花。它越是开放,越能张耳听见刺在人世的霜冰沉闷地喊疼。

开封,开封

菊花岛

只有用大海,用细密的海水描述一座岛。——与之日夜对话,充实时间的空虚。

有多少僵硬的岁月不会像海水一样融化?

有多少陈尘的内心不会被海水洗洁?

在这里,倾听大海沉静,安抚心跳。

据说,一粒土上就有一座寺庙,一株花上就有三千大千世界,相信,你的内心,居一尊佛陀。

菊花岛,清醒的修行者:日光光临,海水洗去喧嚣和灰尘。

它适宜漫步、沉思、瞭望、反省。

它适宜放下架子,沉湎哲学。

更适宜走出自我,铺路架桥。

在岛上听海、听月、听花朵乍开,

听分分秒秒的岁月老去,

谁的内心储蓄着整个大海般的柔软辞?

世界纷呈,我心独静。

一座岛,犹如菊花的盛开?——等着所有祈祷和忏悔之身,等着芳香的爱情。

我们在岛上慰藉孤独。

一切如画，如无边无际的想象。

菊花汤泉

冬天,雪。但,还有不冷的现实,或者未来。
——暖,如仁善,如世事悲欢。

放下前世之罪,放下今世的欲望。
能够把霜冻的身心抱紧,把万种善念唤醒。
——暖,如慈悲,如乡居的梁柱。

无知,狂妄,傲慢,愚昧,受寒的病,需要一堆火的包围,需要摒弃
固执,回归初心。
——暖,如经典,如瞻仰星空的悟性。

在这里,将寒冷的内心浸透,甚至融化。
前生,今世,皆是暖意,善护其心。

通许菊花

以沉默,开采黄土金矿。
一朵花,一座神秘的宫殿。

长高的身段,远眺到通许安静若山,生长美术、黄金和星宿。
真英雄扬鞭策马,鞭退突至的微寒。夜晚的踢踏之声,吉祥的骑手,执菊花,拂净云,迎望到黎明之光,赫赫画卷。

邻近的岳家湖,宽大的胸襟间,绣满晨昏大美的时刻:它有菊花的观湖,就有流水的一醉。

忘记了吧,菊花之外清贫的忧愁;忘记了吧,菊花之外物欲的高烧。

通许一隅,菊花依然旺盛,酝酿,酝酿着仿佛一剂剂良言。
几杯禅茶,喧嚣的身影在祛火,妒红的眼睛在消肿。燥热的抱怨,消隐。

九月:菊花的满场恋爱,细语里有糖与火的味道。大过自身翅膀,和染香的空气。金黄的花朵,大地之钟。承受秋天之重、梦想之阔。
前来观赏的远客,久久凝视。飞翔的菊花跟着在走,跟着,吟哦。
听着,一句句,散发着清凉。

请原谅我曾经怀揣着尘埃般的自私和罪恶,跟他们一样,正于千里之外奔赴通许菊花。

我将自比于它的恬淡、禅意、大静,以及灵魂沐浴,若佛的无念和无尘。

念念之间有菊花

菊花之上,站着古城的雕像。

站着龙亭和铁塔,御街和午门,宽阔的彩色道路,梦想的莹莹之光,以及花瓣上丰盈的诗句。

站着秋波里的丽人,白云般凝视,简单的好奇心。

看不见的心跳,花香和怀恋仿若归海的河流。

整座城市都能听到菊花的空中漫步。

人群内心,默默根植关于菊花的一〇八种传奇故事。

据说,菊花的全部美感,

是阳光的绮梦做成的,

是黄河水变幻着队形舞蹈出来的,

也是纤尘不沾的情人悄悄话浸润出来的。

念念之间有菊花的人,他们已经在开封行走了千年。

他们的前世可能叫苏轼、秦观、欧阳修,也可能叫晏殊、姜夔、王拱辰,或者是寇准、曾巩、李清照。

他们品赏过的菊花,根在黄土。

他们倾慕的眼神在菊花的晨露闪烁之间。

昂直身影叠加如今的清风,在平坦的开封大街,仿佛现实的倒影,清晰可辨,大若菊花。

可感可闻,香阵历历:一席席菊花风,一篇篇抒情诗。

主题深邃,气息晴朗,宛若历史的鲜明:开封菊花。

却也是被众人一次次遇见的孤芳秀影。

赋菊

阳光布施,于它,则以花朵馈赠。
城市的微笑,如此。
如此大面积的整装出列,诗与思的方阵。

想想菊花如此冷静,并在冷静时节,学会默然接受,毫无保留,一下子敞开芳香透明的内心。
是否,具有壮士的某些神勇伟奇?

其实,它,并不厌弃久已的孤独。——自性的孤独。鲜明的灵魂胎记。

它,需要,一直,自己能够读懂自己!(多少人至今没有读懂自己?)
以及给所处的寒秋,送上花瓣清香,其间的亮彩之妍,微笑之暖。

拒绝冷酷。意愿,大过花朵本身。
大过摩肩接踵人声鼎沸。

岳家湖南岸的菊花

行走,携带着荣光,满腹无声的祝祷。

总有开放时的雨露,洗去的无尘,我企图模仿它的无语,以及无欲,但并非一味地迷醉。

沥干多余的负累,在黑暗里找到河流,它有御风而行的翅膀。

多像慈悲,冰释般的苏醒。以心,学会熔铸弯曲的闪电,强大自性的炼金术。

绘就云彩一样的贺词,为寒冷列队赶来。

九月如菊

定力,像钻石。
山河依然爱着我们。
草木放弃多余的黄叶,绝不会放弃天空的风景。
忽然又到秋天,我在想我虚度的某一天,是如何的荒凉?
我构想无限多的光阴,我如何穿越它的宽广?

今日,重访菊园,看见三千亩菊花安抚渐凉的天气,我一直想知道
多少尊菩萨,在花瓣上打坐,叫醒萧瑟的人间。
我不曾被悲伤击倒。
也不曾被喜悦浸沤。
不曾冰封静水落尘投石,也不曾好粮酿酒买醉卖醉。

细切的声音,光影里响彻:谁都无法逃离内心——
谁,都无法逃离自己的审判。

自己必须将自己从泥地上搀扶起来。

九月,幽弱的菊花扶起日益纯净的白云。
白云,擦拭净若秋水瞭望的净空。

白牛车

省察。内心明灯,照耀苍穹无限,愈加安静了,犹如果实披上阳光的红彩。

一丝风吹去一丝忧郁。

一切如新!

我已忘却过往,寄给当下一朵莲花,让它绽放,并芳香。

让它洗濯淤泥,还原本初。

真善,不狂躁,也不迷茫,以火的姿态,温暖生命的胚芽。

内心,被无声检阅。

白昼,如此添媚,那是慈悲泪水的笼罩。

及至黑夜,灯光淘沥黑色的渣滓。

白牛车,于记忆里持久回还,度日子,无边的孤寂,度苦厄。

远远的铃铛,响彻虚空,持续引领:

是谁,觅到了解锁一牛的秘密钥匙?!

于瞬间

花们孤独,深爱孤独的甜蜜。
随意,浪漫,开放自己的快乐、洁净,布置内心最耀眼的光芒。

于瞬间,它被移栽、嫁接、堆集、调色,提前或者迟延的定制,制造错乱的季节,在失败的认同中,被转移、丢失,仿佛最大利益化的纸币,放在数钱人的手里。

我赞美它原始的美好。
它们,在我努力的辨认中,被虚假替换。
(我害怕更多人,正被自身或者利益的手术刀摘除鲜活的良心。)

不敢趋近,我怕伤害这些已经被伤害的畸形花朵。
在喧嚣的肉身和狂啸的交易中,忽然间,我已停止匆促的脚步。

开封,开封

一念顷

需要清净！

一千六百兆次的细念，一秒钟的闪电，这见不到、听不到、想不到的微妙发生。

被详察！

被智慧之眼周遍巡历。

被捕捉！

需要善好！

寂灭刹那的染垢。

扫净积雪，冰释霜寒，自我开辟的寂寞远道，香芬盈溢，微笑的蜡梅花是一尊供奉的菩萨。

拱立寂静世界。

看它们犹如澄澈的欢喜心，海静了，风息了，白鸽嚣嚣而安详。

我有亿万种迷恋全在一个无字——

以额眉、以耳目、以内心迎接光明遍照！

闫台村

那时，我需要一座村庄，降生我，辟我一方赎罪之地。
标注方位的情感一叶：它在我斑驳的前半生显著，执灯照临。

我像它背阴处的一粒雪，飘洒到之外的明亮空气，我也会扎根，生长融化的清水。花香。光。
被清风紧紧抱住。

现在它在连续地祈祷词上翠绿、风动、馥郁。
抑或安稳，犹如诗人的静夜邈思。
抑或悬浮，犹如悲悯者悔深的属望。丰腴，苦寒，沉默，对话……

背着百家姓的村庄！贫苦的黄土地，硕大的泡桐树下，站立劳动归来的爹娘。
风雪雕塑它不弯的脊梁。

1985 年的少年，属望黄河支流绕过家乡，那双年青的脚步紧紧跟上。
树影遥遥，如今，是他掌上的疆场。

　　　　　　　　　　　　　　　　　　　　　开封，开封

方塔

不需要记住一场梦,让它对应现实。不需要虚幻,但我要把利益放空。

等待许久了,内心疆场,我,或者无我,回归的意义在放大。

对生活的辩白,并非抢占口利,语言的辟邪,仿佛东风解冻,众卉清新。

看见穷人的泪滴,浊与清。

抑或折断那根造成无辜的野狼伤害的铁戟,解除世界的疼痛。

劝醒富人,允许乞讨者在高挑华艳的屋檐下躲雨。劝醒轮渡人,允许积怨者,眺望到花开,渡船,倾听他河流般清澈的诉求。劝醒穷困人,不在立足的土地掘坑自陷。

迎接自大雪中出脱的人,抖落尘灰舍避风暴的人,拍去满身蒺藜双手流血的人,终于自疾病的虎口逃生的人。

谁都能勇立宏大誓愿,给每个人,解禁时间的挣扎。

……否定塑料花虚假的微笑,还原鲜花的真实,芳香比一句真理更广大。在浮肿的人性现实,要用一座方塔镇住世相的迷乱、错谬、贪欲。

培植果树、花木,干净的湖池。我有梦想,需要多么大的意愿,才能建造一座属于自己亦属于众生的方塔?!

同时,供沉降的肉身与灵魂,攀登,瞭望。

抱阮十弹

拨片划动,高崖流水自谱清曲九阕:诚、信、空、净、雅、默、柔、善,还有,心一阕!

竹林:哪道叶片上清幽的印痕,弹响,复弹响……

抱阮长啸的一人,已把打坐的山水弹出旷远和无声!

顾怜众生并看见更多好人。

默然的光影中:时间的称重,丝毫不爽,报出灵魂坠压秤砣的数字。

树叶垂挂,扛着倾斜的风声。它,生长。

闪电横贯的冠顶,有听不到的灰尘于黑夜悄然降落。

不必抱怨为生活所迫的乞讨者比冠冕堂皇者更接近堕落。

赤脚踩过白露凝霜的早晨,仅仅是为了观览又一天新日普照。大地倏然融化,并不捐弃芥草粒粒微小的种子。

在松软的土壤搭建内心亮灯的一冬茅棚,它们要在春天立身——

极其广大:一朵朵芳花的舞台……

谁会给华艳的服装里包藏着淤泥的人群以特写:双手操纵高速运转的数字化头脑,像是灵魂的绞肉机里变换而出的肥厚的金钱,数钱的手,疲累的手,在幸福的麻木里抖动、抖动——重复式抖动。

全科医生繁忙不堪,正在急救室
抢救现代工业机器轧碎的良心。

伸出的手,解开芸芸众生痴迷的情感,正在和已经所打死结。并
非仅仅给予空洞的警告。
站在岔路口接站的人,扬起高高的手。
多年来,我只想体会杏核儿打开的仁与苦的哲学,破壳与发芽的
原理。

遥遥村野的自由情境:鸡群巡回岸边啄草,白鹅踱向广阔水域。
此刻,我只想喝退彷徨焦急中,一只公狗的盲从。

言辞和真理,蕴含于心,而非飘扬在口。
敞开内心,承载佛陀眼角滴落的清澈泪水。荡漾的,柔软的,澄澈
乃道,无限之大的布施,哪怕一滴,也是来自你的。
世界仿佛融化,聪颖、了慧。

恪守一颗心,让它清净:我新的职业。"静能生慧,慧能生智。"一
句话的光明中,我看见俗世的隐身。

开封,开封

某一日

早晨清寂,是我的中原对日幽思。
乌桕树岔开的绿枝,微风在数数儿。
蓝空白云,悠闲,向南徐徐移动。
山或者水,树或者花,一个人的意绪或者无染之思:高而且蓝。

八月末端,秋天在每一日的守护中递进。
如果果实叫着隐含,曾经饱受的时间之苦,淹贯疲倦的幸福与成
熟。

无须大力空谈人间哲学,我需要虚空,寂寞,花开菩提,心生惊喜。
潜流的香气,宛如千古好人,徐徐,走近身旁,携手拽住企图飞远的杂
乱世界。

见抑或思

昨天,锻打的黑铁。

熔炉已经拆散。家乡旷野命我洗去阵风和泪水。

我倚着日兮月兮照临的故乡身影,直如青麻。

读懂荒凉,宛若读懂内心的一丝紧张、三餐贫穷和架构未来的千仞光华。

为每一办错的往事刻碑。

而今,光阴打印的故乡文集,该有我的数页经卷,而我,一直往前看,往前看——

远近庄稼,皆状如菩提,蘸着蓝空,书写挺拔团结的绿色群像。

快看这春,夏,秋,时间就在此刻醉成一坨一坨色彩之光。

福光照耀麦芒灿烂的豫东。

无比荣耀!矗立着我的故乡地理,方言里的民间真纯善,泡桐伟岸的父母,苦楝籽般成串连缀的兄弟姊妹。

旷然

拉长目光的那棵树,确是平原飞翔的翅膀。
沉潜的声音劝告:停止摇摆。停止摇摆。

雨水下降,阳光生长。寻找灵魂的人总是比别人提前赶到。
它掌握克服虚无感的分散片。掌握平原开花结实的金钥匙。掌握直路向往的方向盘。

最初也是最终,他掌握他自己,内心高大的泡桐树!

孤独,正好打破蜂拥的声色傀儡。真实到尘土纷披,撤下欲望高筑的舞台,怎样的假面舞?!摒弃假象一寸,内心就会稳寂一寸。

断然回绝市声诱惑。
在它繁花的一朵间,看到平原冷静的史记,怀揣着江山的慨叹。
看到它熔炼现实之罪的无数次变形记。

单衣者

单衣者,孙登先生,隐逸苏门山洞穴,覆盖着琴韵和啸傲。
他身边盈溢巨大的寂静。
他内心通畅世界的呼吸。
终日不语。为外人所不解。
俗人每每问而无烦。"谓曰:先生竟无言乎?"
先生已然淡忘俗世,光滑犹如鹅卵石的每一言词。

他听他自己。他滤净他自己。他修建他自己。他忘怀他自
己……
他和外界的间隔,墙,是他旷然的无染之心。
是他内心对于无限之大的喧嚣的包容。
或者遮屏。

冬夏挂单衣。无畏寒热。他是石头间隐藏的火焰之核儿。
却独独不耐人群聚集处,盛极的寒热。
躲避尘世万劫,饥寒忘我,独立巉岩,他详观到欢笑、痛哭皆皈依
空无的大静和大境。

人间焦躁,岁月更替,那些坐拥万裘的人众,
泛滥多少风热咳嗽,声声加剧?!

注:北宋《太平御览·孙登列传》载:孙登,字公和,汲郡共县人。

开封,开封

清静无为,其情志悄如也。好读《易》、弹琴,颓然自得。观其风神,若游六合之外……以石室为宇,编草自覆。

夏天:某年的炙热记忆

黑亮脊背的父亲,习惯于太阳毒晒的焦炙。

他手中的棉花棵承受平原的夏季烈火。

抟土的双手为粮食制造一重重迷人宫殿:汗水自庄稼间隙潇潇而下,大地沉默而耀亮。

干净广大的白昼和黑夜,亘古不变的劳作和忍辱,庄稼的绿叶片在时光中冉冉放大内部的光芒,祈愿。

每一粒土,居守坚挺的祖先魂魄。

盘桓已久,天宽地阔,我形容故乡豪壮面貌。

我看到父亲在夕阳中昂立的额眉,沉默有力,每一株绿禾似乎都能够说尽他浓厚的祈祷。

他把薄命融入进去了。

他把高度丈量进去了。

他把苦蓼蓼芽的现实含吮出深层的甜味了。

他动作迟缓或疾厉,

是一日日忙碌不辍的绿色太阳火,

动词里的一阕豫东。

夜思

现实认同于无数场虚构的狂欢?!
梦中黑夜,我在升高的楼梯口,找到黑扁豆的种子。
真实如此微小。

对于狂舞的花朵,细心的籽实比之更具真纯滋味。
甚至类似疾病,虚假得犹如废弃凉夜。

凉夜的薄纸。

经度 114.16°,纬度 34.48°

请相信,在豫东,每一株庄稼都身怀绝技——

生长的脚步叫醒冰凉的大地,它有这份能力,邀请其间的神灵,如此巨大的力量,时间和空间的复活。

黄土的宗教:壮硕的阳光和粮食。

它们无声的福慧,像响彻天地的神咒,听出内心的轻安,突然的觉悟。

凡劳动,总是内容丰赡,暖风保持简单的言辞:只说丰收二字,赓续而丰足。

祖母黑夜纺织棉花时,轻轻黾勉的大实话,又一次在我的耳畔浩荡——

交给我如何把沉沉夜色纺织护心的棉衣,以及,谨防良知坠落高崖深渊的长绳。

她活着的秘籍,无一遗漏交给我,她还用祖传的绝招:让它变幻无尽的种子,跟进耕耘万重,湿漉漉的故乡泥土。

开封,开封

咸平湖

远空悄然滴落白昼的魂，白银的札记。

它有瓷器的造像。

它满怀的一朵朵游鱼，关乎水和生命的禅理。

我在通许观览北边的湖水。

南边的无际嘉禾、落叶乔木，在阳光和雨水里打坐。

几只船并非空载悠悠，蓝空白云渡到轻，或者无，那份安然，若某某人静心持忏，无语内观，已久，已久。

昨日梦的折翼？

不，脚步移近，弓腰者，是谁？

掬其一滴，……一滴……一滴，透明的药液，清洗眼角的云翳？

倏然明了：

向下，借一湖清波足以瞭望到低姿态的迢邈苍穹！

程庄及周围

——睢杞太抗日根据地访问记

夜色向着我们转身。

我有过小住三日胜过一冬的经历。脚印一再告诉我：潜伏的光阴终于醒来，我的密密麻麻的笔记本上的文字，必须运用泪水，从深井打捞而出。

我们以寻找者的身份，和往事衔接。

睢杞太边地：小温河洗去贫穷、荒凉，它的微土在小麦的根部骚动。

忽然，叠加的往事从绿叶枝头，遗落的弹孔，从泡桐树般站立的亲人口里一波波冒了出来。

故国艰难，它是——
我们心上远航的船。

在通许县七步村怀曹植

秋风紧吹,吹开沾尘的一袭素袍。
刺骨的寒凉,自下至上的偷袭,将他削刻成一张透心的薄冰。

秋风无法代替你说出内心的苦。

从雍丘到平丘,一步好累,从平丘到雍丘,一生好险。
人心险恶,某些算计,深如漆黑枯井。

平原多望川,你的脚步却走着沟坎、丘陵、鸿沟……
侧侧斜斜,黄沙雪痕,每一步都是深陷,每一步都是弯曲。

凡千秋文章,鄙薄功名欲望。而,你的存在,却被另一种凶剑般的
欲望锁定。
封地,形如封闭的乌色鲊瓮。
你如何能够迈过黄土的陷阱?
自行的脚步和忧思间,彳亍。彳亍。彳亍。

七步诗,生命曲折处的挽救?
带血的悲泣。泪:一滴,复一滴,滴穿寒凉的心魂。

千年七步村,记得这故事,记得这泪。
仿佛不散的秋雨,一直在高陵之上,笼罩如洗。

洗一堆忧愁，和模糊的朝代。

飒飒，飒飒，填写七步诗的韵脚，复制无声的倾诉。

致敬时光,或者光芒万丈

你还有不舍的挂念?

其实,一阵风的回答,就是从尘埃之中穿过,见到无碍。

无限清明,

……所有的前方,都应是光芒预兆,灯与雪,与你,出发,一同闪亮。

自由路,相国寺门前遐思

在人间,扬善。

你的忙碌的双手给别人,安装额前的灯盏。

曙色熹微,以司晨的报晓,押韵的长声,奋起的振翅,挖掘沉潜千丈的力气,叫醒世间的沉睡。

我亦有梦——

向自由天地铺开温暖、宁详的晨光和祝福。

在人间,恶是潮湿处的苔藓。说谎的嘴,溃疡的意绪。人群加固的自我封条,怯懦的手无法揭开密封的除锈剂。个人封王的熙熙人群,安装大马力机器,制造松散的脸部赘肉、脂粉的荣光。游戏的继续。娱乐,心头发热的专利。怨詈者空洞的肺腑,一如偌大的樗村。

企图读懂自己的人,只能在别人的脚步里徘徊?

大地,重新拾起无数颗下坠的心。

我听到人群的惊愕、哑语!

心静如海。

有谁企图论证东奔西走的忙碌人群,有谁企图论证向东奔行宽阔无限的自由路?

此刻,大相国寺,安然若山。

岳家湖或者冬日的群鸟啼鸣

惊愕于群群鸟鸣！

剪碎了冬日寒意。

双塔湖影：铺展大面积鸟群，像突然自山坡哗然流淌的溪水，照亮了来自周围的所有安静。

苹果园，拾掇残枝的妇女在说笑。

看园的老人踽踽独行。

附近，朦胧村庄的观望。

还有，花树飞扬了，弯道飞扬了，几座凉亭飞扬了，湖岸的观景台飞扬了……群鸟铺满了天空，啼鸣铺满了天空。

一声接着一声，覆盖了远远近近市声的叫卖。仍然是一排泡桐树挺直着身子，被一朵朵闲云渲染！

不见闲暇的人在孤寂的鸟鸣中倾听自然音乐，没有空静者在孤寂的花树前，一水观澜。

孤寂的湖水和冬日的群鸟啼鸣。——去年残败的月季花，和闲散的微风等着谁的脚步。

自是湖水安详，鸟鸣叠韵，只有，只有三个漫步者踩着草木暗影，给无声的小道留一条无声的痕迹。

他们的孤独，大于一座无限扩大的湖水和群鸟啼鸣。

甲午年三月十五日和友人在通许踏青

　　仅仅布满绿意远远不够,喜鹊从树影下带动的响声像叶芽和花苞的微妙。

　　通许的春天在放晴的天空倒映着。此时,一株小草和一垄麦田一样博大,几丝垂柳和一排脚步一样博大。

　　我想借着一座咸平湖,借着那片万亩苹果园向春天致敬!

　　湖上的风,向北吹,波浪上起伏我们的赞美。

　　我们在交换风声,谈论晴午的光影。她在说风声真大,风声柔软。我们想着一座湖水,向北走,向西走,春天慢慢地跟着我们,走到了我们的脚步之中。

　　我们让春天的脚步慢慢地轻下来,轻到可以听到它微响的呼吸,宛若一只蜜蜂的薄衣乘着风。与一首微笑有着多大的关系,与情感的距离有着多大的关系,我们在子羽墓和庞涓墓寻觅到青色三月天,以及博大的古意、敞亮的念诵。

　　我们丈量了春天的宽阔。

　　我们在自己的内心畅游,牵着彩色的长线风筝,飘飞,那是我们的痛苦而外的世界。——它一定连接着像爱一样的瞬间,但愿像看清过去一样看清未来,今春以远,更加热爱亲爱的时间和个人的佛教。

　　我知道,在春天,天空如果晴朗,它会无限广大。

112

曾经累积的万千悲伤和梦想,我已经清楚孰重孰轻。失去的春天它会重来,我必须认真地让这个温暖如针的季节缝合破碎的心事。

通许:查访裴氏城

迷乱的叶间隐藏着古老的望眼:一块蓝色古砖上的刻痕,时光褪色。这是被完整遗弃的第几块?

已经完全迷惘,一团夕阳无法融化的死亡之谜。

无名的虫子代替所有的不言。

踢破的叫声,流血的裂纹。

在一粒土上的追击,尘风的狂放不羁。

寻找枯干的名字上隐含的命,子羽墓东侧的杨林,纷纷然,理不出任何头绪。

两个人的背影踏平一座沙丘,渐行渐远,其中一人,匆匆书写的文字,模糊不清,隐语,难解。——失去的血滴清淡如水!

只珍爱那些透明蛋黄一般的黄土。

通许:口衔风雪,在一场寒冷的呼啸里受冻。

拾荒者手指低洼的沉水,没有谁听明白他究竟在说些什么!

三五只喜鹊的翅膀有力地震颤着哭泣的空气。

涡河　村庄

我想它尚未疲倦：它邀请的那只布谷，刚刚唱完新曲目，接下来就是它们短暂的沉默，然后是代替沉默的嘴唇，嘴唇上扑满麦香的话题、模仿战争的寂寥云朵。

其下的涡河水，豫东平原的女神，两岸的草木虫豸都被吸引住了。

暮色愈近，静下来的村庄立刻像一则长宽五十华里的谜面。

屋墙上，枝叶的漫画，更加抽象，正被悬挂上升的一盏灯接受。

一天的时光粘在此刻不动了。

老人领着幼小的孩子踩着空寂街道，无声回家。日子安详地又一次把他们交给将临的缓慢夜晚。

一匹风在这里四处寻找。一棵高高泡桐树，站在了夕阳的眼前。

它，像极了看护村庄孔武有力的古代卫士。

每一粒沃土的神殿

我看见一只小小的麻雀，代替神灵在坎坷的土地上欢跃。

它前面的涡河。阎台村。菊花园。七步村。它左边的油菜花。泡桐林。拦河坝。它右边的欧阳岗。鸳鸯岗。西河地。
都被阳光照着，护着。

被一个人看过，想过，审察过，也被一个人皴染过，延展过，放飞过。
被一个人的词语，绿过，红过，紫过……

祥和的内心，有绿地毯布置着的广阔，和发愿文的透明。
这地方，太过辽阔，我不仅仅把它当作家乡，我还要把它当作无限放大的神殿。
我才能有着每天荡漾的透明心事。

于每时每一回，都能做到不枉到此：小麦，玉米，花生，和慈善，悲悯，爱恋，于我，都同样日日有所收获。

闻瑟

闻瑟,观菊,这是一条河流的幸福。

是一粒黄土硕大的景致。

菊花的远望和近观,都是尘世凡人的一意彷徨。着黄袍,能瀹茶,而非皇帝所独有。

作为秋天的远客,它一直提着满罐子蜜蜂的佳酿,迎接中原的清风,站高的红瓦屋。

古老的南北官道之上,曾经走过昔年缁衣的好道君子,走过进京赶考的伟岸丈夫,他们在此怀梦,品茶,留下菊花瓣一样多的祝福和善缘。

他们的昨天是怀揣黄金的菊花,信而好古般的演绎。——是关于菊花和茶的经典和故事。是晴窗坐对的一地花开。

牵手的平原:远方人已经把它认领到魂归的地方。

一地黄金菊花,灿烂着火焰。

耀眼的花朵间,演绎化学,哲学和乾坤好风水。

昨夜有露珠夜宿,也有神灵眷顾。

一朵菊花上的通许县,轻轻梳理着岳家湖徐徐的风水,润雨、空气和芬芳意愿的菊花风光。

谁从闪闪的金瓣,确认出了豫东人的脸谱?

像自九月借来的道场：金黄的庆典里，诵经的菊花，闪耀着身体内外的光芒。

村庄:大门素描

你要是岁月的一张脸,你该有一双眼睛,能够望见草黄了,风冷了,树绿了,风暖了,燕子衔着干草铺窝,外墙的涂料开始斑驳,村庄被寂寞裹着,墙头的青草划动着远空的闲云。

尘土掩埋着去年的脚步,李小二回家过春节的打算,让工地老板一个电话折断了。

百年的老树,直不起腰,它在村口数数儿,却数碎了几场风,数短了几场雨。

大门上锁,荒草在院子里的迷魂阵,被失色的自身弄乱了。

大门不锁,人声孤独,成群的麻雀,仍是常来常往的客人。

进进出出的大门,并非空洞,还有去年今年扶门远望的童稚少年,还有在中草药里煮病化瘀的弯腰老人。

微风斜吹着一个下午,某一家大门的门脸,久未吹出一个人影,它觉得无趣,无聊,低语着,自言着,蹚着空荡荡的长街,慢慢地走远。

偏僻处,几家大门,黑着脸的锈锁,板着面孔看见微风走近了,慢慢地走近了……

它的裂缝处,寂寞的枯眼!

像拆散的一声长叹。

奏技:自省的庄稼

设想一株绿禾,出生于此的荣耀。
它的萌发、饱满的过程,以结穗的修行,杜绝空过。
其上,构筑佛教的大寺,宽阔如同春风。
如同父母的勤俭和良心。

长满丰盈庄稼的所在,长满素净虔诚的我们。

学习庄稼,以仰望阳光和蓝空,疗治弯曲的身心。

然后恭候土地丰收。
就像恭候上天惠赐无瑕的蔚蓝空间,恭候晴明时代无染的公心。

清风知道,那是它需要飞临的地方,还是时节雨叙事的心境。

超群的奏技:庄稼依天地律令,手抚清风,柔缓地弹奏,弹响了无
数个清凌凌的日夜。
端然正直的腰身,自我提醒的竖琴。

我在家乡绿野,因倾听,眼含泪水,岁月辽阔!

开封,开封

田土叙事

一

流水冲淡的比喻里,一株庄稼放大的心境,摊开了素朴的经卷。视它为佛,它往往以每一粒籽实,为你惠恩濡养。

二

一脉星光跟着碧绿的庄稼找到沉默的村庄和说话的光阴,每过家乡,第一眼看见的是满野庄稼,其后,看见燃烧的炭火,以及火堆旁边,借火取暖的男女人群。——他们保持了在骨头里储存熊熊火焰的习惯。

三

携着黑夜出发吗? 不,他交给你他的心,交给你贫穷的富贵,交给你孤寂的热闹,交给你痛苦的疗伤,交给你平淡里的食盐,交给你苦涩里的蔗糖。一句无言的容量:这短小的无限之长,这狭窄的无限宽广,这烦琐的无限精练,这复杂的无限简单,这厚爱的无限素简……我在无声无响里理解村庄的德善绵长!

四

我知道，村庄是沿着灵魂的道路走过来的。花草是，飞鸟是，河流是，连池塘里相序呼应的蛙叫也是。它的大道理都是小事情，老人脸上的皱纹里，折叠着岁月和谐的条款。一枝一叶，直指灵魂的事情。一言一语，传递命运的典籍。

五

梦想是蔬菜园的韭菜，割下来，重新萌发，比之前，还要肥绿悠长。

六

顶着风雨的人，看不见前面的泥路，他的内心长着朝向村庄的眼睛。

七

在城市的背影和打工者转身的背后，无边的庄稼，孤独者的形象，它以不能远离的愿心，等待土地，以及远行者曾经粘满泥土的脚步。

八

父亲顶着烈日用廉价的劳动薅去田地最后一丝荒草，儿子却在城市花园种下高价购置的外国草坪，然后再次拨通劝说父亲离开老家的电话。

九

夏日白云,在村庄上空,俯望,它可是我曾经瞭望过依然年轻的那朵? 可是,我却害怕将之喻为村庄头顶一盘浓密白发。

命里的金子

庄稼,抬高豫东平原一寸,豫东平原就用一丈的爱,包括你。

一辈子在黄土里刨金子,风,吹着是命,雨淋着,是命,阳光照着,也是命。

命里的金子,太过细碎,像田间的土。

梦想如此容易,土中取金,是否需要萃取三千吨汗水?

将命向前挪了三分三寸,庄稼就依偎了三分三寸。胸怀间的小想法,总是在粮食的低价格里掖着藏着。

久久才敢露面。

黄土里刨金子,只一个弯腰的距离,父亲,母亲啊,却打捞了漫长的一生一世。

土里的命

土里有命,有金木水火。
有名姓的日子,咽下去的泪。

粮食鼓胀着芽苞,村庄于此刻怀孕。
负重的大地,负重的豫东平原,该经历多少不言,才落实一个忍
辱,得以拯救。

站起的命,光阴的镰刀割去了一茬,一茬,洗罪,洗恶,洗濯一个人
的河流——

命啊,重新萌发,顶起整个大地的重量,齐刷刷,站在庄稼之旁。
困苦之侧。

秋风里的背影

譬如,一株庄稼,自黄土出发,凌空而归。
在逐渐升高的进程中,扬起天地尊严。

看到,庄稼上,神的宫殿。
看到豫东平原,翩翩起舞,甩着音乐的长袖。
粮食归仓,大地归心。面临磨难,父母的手削铁如泥。

我为一株庄稼,记下满页的功劳簿,记下身心的感动。
父亲,在宽阔的棉花田巡视他的千军万马,安息苦忧之火。

之后,他和他的村庄,他的卷刃的梦,一起,在秋天的背影下——
收藏好籽实,仍然在金黄色的呼唤中奋力奔跑。

活着,活

　　庄稼收获,黄土仍然活着,它的村庄贴近它细切的呼吸,活着草木的命运。
　　背朝蓝天,命朝黄土。

　　顺着黄土路,找现实的梦,白昼的安澜,找夜里的星辰,一线线光芒。

　　时光坚硬,决不输给硬碰硬的角斗,不输给伤,甚至贫穷的疼痛。
　　在汗水的额头上活着。

　　在负重的泥土上活着。活着泥土的塑像,活着塑像的泥土,终于和泥土混为一谈时,那种活,宽广,厚实,更是一种踏实。

　　黄土不老,村庄不老,他们,只努力。
　　用老每一天。一生所爱,泪流满面。

秋，一面冷静的鼓

听到了，秋天的鼓声。

微笑的豫东平原，粮食的色彩，主持秋的属望。

在出生地，在永不撤离的疆场，种庄稼的人，种黄土，种自己，种鼓声的秋天。

黍稷彧彧。

每一茎叶，都有流淌的黄河浪涛，每一粒粮食，都是黄河水的纪念碑。

粮食谣曲，张弛有序，震撼我内心寂寞。

我在此居住半生，钟情孤独，像一粒籽实，涵养内心一芽，不喧哗，不紧张，不造势。

黄土如此，秋天如此。

一切如此，——

我们，在粮食的暗喻里，听到了，一面冷静的鼓，正在，给浮躁的人世降温。

在陌生的地方,听雨

或者,是某种绽放:花朵抑或心情,梦抑或醒。

把自己当作一滴雨,对大地进行最为彻底的滋润。

深入,与包容,同一寓意。

无知,却等同于枯竭。

将情感不断播种,然后发芽,萌绿,结果实。

完成一生的复活。你才突然觉悟,收获着另一个我。

承接秋雨的凌空对话,开始认识自己,打开身心。

它有一滴,一滴的透明,有一滴,一滴的舍己而行。

它,太像大而圆润的粮食颗粒。

用尽色彩书写大地!

人心荒芜,私欲扬尘,是谁愿意看清一滴秋雨的清洁无尘?

是谁愿意看清一滴雨水的舒翼翔飞?

有人,一直在陌生的地方,听雨。

北城墙

　　北城墙是一枚柔软的词,戏院早已毁掉,一切都无须演戏。大地宽厚,天空清廓,菩萨始终在此,隐含不语。相信,生和死的理由全部是为了偿还。心灵的输债,仿佛欲望的超载。大片的荼蘼和长垂的花实上,世界因害羞而脸红。当我俯伏于内心,我将一次次说到遗忘。黑夜,是灯的白昼,如同一滴泪,沉默的言辞,柔慢的耐心,就是慈悲本身。也许时间在说着多么爱你。她究竟能够等待多久,我跳跃而出太多的世间程式,把暴雨般外物临袭,当作心灵的全部忍受。我将再一次相信自己,夜晚只是我攥紧的拳头,舒展开来,混乱或者诱惑被拆解,昨天终于停下来了,黎明新日再一次归还眼睛的内观。金翅鸟叫声清丽,悠长。叫声,启开一扇扇月光皎洁的窗棂。幕帘名曰虚无。

开封,开封

卷三　九月笔记

收获内心

言辞精美。

顾盼雄毅。

像他规划的时间、未来，像他胸怀间储蓄的大善。

"身心明净，皎如冰雪。"世界归顺于一念，一极，越简单，越深邃。

他时刻具有读经的心。

剥枣咏幽

那么急迫追逐着晨昏巨像——人群奋力猛扑而上,时间如果是一团面泥,它会在巨大的冲击中四散,甚至谁还顾及脸面的骨折?

陷入连续的跌倒,尽管缺乏想象的内心如此斑驳,那些卧倒在灵魂灰烬上的人——满足于在放光的眼睛和扩张的胸腔倾听利益的拔节。

我在忽然长大的年龄上,徐步,止语,往事以及所有世俗荣耀被崭新的慧光之剑瓦解。

时间,已经成熟,像一枚老枣。

我还记得祖母坐在虚空世界,陪伴月光,剥出枣核,种在了老屋之后。我相信祖母的枣核,年年会在燕语嘤嘤中发芽。

我跟着她发芽,看着春天,吹去了满身满世界的浮尘。

蝴蝶

彩绘的翅膀,惊艳的美!

多少唯美主义者,手指弯出了狠命的铁钳!

美到致命的薄翼。
唉,因追求外貌绝美殒身的蝴蝶!

蝉

终于，逾越噩梦，以及，岁月的厚压。

占领树木的制高点。你这样，勇于战胜自己，多么艰难！

短促到只是一天的歌唱，仿佛等同于人生百岁。
粗粝甚至尖锐的声音，足以让人听懂大地赋予的使命。——真言
的命运。

卑微的蝉，早已忘记出生于地狱般黑暗的命运。

开封，开封

臭椿

臭椿的蓬勃高大,笼罩过我的贫穷童年。

日光灯管一样泛着白光的树干,像担负着重物的汗衫农民,谨守着某种规范的道德。

萤火虫

萤火虫的心胸间,储备着光,和一本关于照明的教科书？运载着光明,以求自度。

它是被黑夜比照而出,不令赞叹的普通词语。

周围的暗黑,被它自身燃烧的明灯,犹如钢钎的锐光。
凿通了一条条无惧的隧道。

开封,开封

火焰

一枚小小的火焰。

具有多少温暖的尊严？

炽烈的燃烧中，其上坐落的雄伟宝殿，佛，每一眼都是审视。

碾轧的干泥辙里跑动的蚂蚁

谎言:纸包拢的火。
它甚至大过抗拒命运的力量?

车辙印里,
一行运送光阴的蚂蚁,在真实的存在里,昂扬地活着。

美的花朵

花朵的美属于大地。

自然的使者。

它以枯萎表达出对盆栽的极度不满时，它仍被饰以鲜艳绶带，而渲染剪裁刀斫所谓的造型之美。

认同

村西的水泥桥下,是蝙蝠瘠薄透风的家乡。
它精确于对黄昏来临的捕捉。

在河面之上,在泡桐树和洋槐树之间,在拦河大坝右侧,在归家的疲累人群头顶,上下,左右,周旋,突袭,悬停,制造属于它们的热闹王国。

如此顺便,认同无视世界的荒寂。
认同日积月累的命运倒悬。

开封,开封

突然

    这些人群,这些有头有脸的人,这些无头无脸的人,恍惚之间,怎么全部成为算命瞎子嫁接的身命!

    精于算计的口里,藏掖一把锋利的剔骨刀。

    剔除主心骨的人群,仍然围绕着,问命运何来何往。

黑色的火柴头

乌鸦也愚顽。

企图把全身说白的唱词,显得多么多余、无用。

自高高隆起的棉花垛上空,徐徐飞过,它一身的黑点,仍然醒目,晃荡,像伸向棉花垛那一杆黑色的火柴头。

警告乌鸦,你的黑,哪怕堆砌人类已经产量过剩的言辞,亦无法说白。

机器

个性的独立意义，在于春根同发时，各花有异。

每一朵都是展示想象力和诗意觉悟的智慧机器。

只有在春天，你方才看到坐于其间，隐身的驾驶员，早已拉动了强大有力的引擎杆。

局限性

人类目力有限，不能完全识见宇宙之极。

以自我为中心的自妄自大，荒谬的逻辑推理，会省略掉真实世界的无穷变化和丰富多彩。

傲慢到无理。

封闭的经验主义，一剂剂浓稠的毒药。

开封，开封

所占比例

圆滑和虚伪大面积退缩之时,才能在犄角找到失去比例的天真。
它总是无时无刻不遭到前者日常的围攻。

社会成为面具的批发商,天真便会一文不值。
虽然它的价值已经大到无法用俗世的眼法去定价!

拥挤的肉身

对一切物质产生如此浓厚的兴致：物欲主义的人群，难以察觉灵魂在偏差中的临渊探险！

太注重用肥硕的欲望全砌虚肿的身体了。

开封，开封

品味

耐心品味吧。

拯救不仅仅是一个动词。

它是动作、行动、动议。让我们信仰，抑或信赖。

——是沉落的打捞，是歪斜的扶正，是错杂的理顺，是喧嚣的守静，是罪恶的淘洗，是走私的奉公，是快捷的放慢，是污浊的澄清……

他救，还要自我拯救。

付出唾沫的代价

企图让我相信，他用无尽的言辞。

把一粒沙描述成一座绿山，用一根绳提起沉重的地球——唾沫的海洋上轮渡着双唇的大船。

或许他是用词语的砖块砌墙，系我于高筑的迷宫，喊醒我必须充分相信哗哗飞翔的标点符号里的事实。

事实本质的无言，引导人相信的恰恰不是成堆的语言垃圾和情感废物。

何曾

何曾听到过光阴说过一句话。

巨大的过滤器:粉碎了无计数量的人间废话、大话、假话、谎话、绮语、怨语、詈语……

未能塑其形貌的圣者!它需要你时刻紧紧跟上,可是那大批的掉队者,已经气喘吁吁。

它送往了多少荒诞、怪异的病脸像,还要迎接多少新奇的道德言。

全是它的形象刻画:这个可见与未见的虚空与现实。

它以沉默完成历劫历生岁月的慎言录。

对抗

    我以慢动作,企图对抗高速旋转的世界,我像个异类,却被众人锁定,被认定为愚痴、可笑,身心皆不及时。

别

别,千万别把脸的功能强行演变为一种技术。

以用力的微笑去应对外面加以装饰的世界,无异于向眼巴巴待耕的土地主人推销上色的假种子。

群体性的内心恐慌感,如果设法用这种技术加以掩盖,那么,真人的隐身术,也会日益成为习惯,或者娴熟的手段。

嘴巴的表演

　　口腔发达的肌肉,急于表达的兴奋,一次次在极度扮靓的口水中隆重登场。

　　只用嘴巴表演,大脑已然退场的现代世相,忽然与这个浮躁的时代找到对应。

　　我并不具备足够的勇气写成:病症。

适合

坚强,适合于对一切不堪命运的抗争。

以逞强冒充的强大无比,大着胆子从不间断对难测命运的挥师进击,往往遭致折腾的生命,折戟而返。

山水是时间的主人

莲叶之下有歌唱的蛙,昼夜清水润喉。

绿盖闪动,我发现了数只青蛙在暗处的潜隐,突然以齐鸣喊响了四周炫动的寂静。

如此获得寂静,像暑天的一把阳伞,布满了嘹亮的极度畅想。

不忍打破自然的布局:我还是悄悄地接近,悄悄地移步远去。

但我听到了逐渐放大的合奏:近的,远的,上,下,甚至已经浑然一体。

没有任何人打扰的优雅境地,山水是时间的主人。

开封,开封

讨好与讨巧

 以学舌讨好人欢心的鹦鹉,一句顶一万句,皇皇业绩,所得的巨大回报,则是精美铁笼的高高皇冠。

持真之难

不知鸣蝉是否做得到？

还有青蛙、蟾蜍，还有公鸡、山鸡，还有蛐蛐——它们，都在用声音表达内心的清澈和祈求？

谁？

能葆毕其一生的口述史：唯一个真字涵盖。

神往

肉眼现实并非唯一可以依赖的存在。

当提及精神的支配,心灵的清净扩开的无限空间,我会顿然安静。

腾升的向往,抵达比肉眼现实更为欢喜的灵魂疆域。

光芒恒载

披着光芒的大地。
因拒绝暗影而彻底敞开浩浩江山。

我仿佛瞭望到浩繁的时光册页。

即使偶有自私之念,也于顷刻之间果断地揭去阴暗。
强烈的自然光芒,总是一种体贴的照耀。

光芒面前,我们,肃然期待。

开封,开封

若灯红柿

像善良的人，像他的言辞、想法、行为，甚至纯净地偶然一念。
和倨傲、狂妄、迟疑、愚痴、虚伪相对立。

越是成熟，越是柔软。

叶子落尽，红红的柿子挂在高高的枝头——无数盏灯笼照着。

在霜降的路上，还有谁正顶着狂乱的冷风疾走？
谁按照心灵的方向找家？

麦秸垛

金黄的麦秸垛矗立村头、田边。

干爽、微甜的气息。

它像白雪之中的暖意，两种截然分明的颜色。

让我想起苦难的童年时光，想起无聊幼稚挥霍而去的大好时光。

（我那时曾经梦想在掏空的深洞美美地睡上一宿，或和要好的少年深藏其间，无语无声）

时间如果回返，该会如何珍惜时间和生命，该会醒悟活着的价值，懂得立愿利人的存在意义。麦秸垛，我的童年标记。它，太像黄皮肤的本村人，

挂锄而立，眼望白云慢慢飘移的天空，

轻易不说一句话。——等着收藏寒路之上，无家可归的远行旅人。

贪欲:像一把刀,自割自身

他的着火的额头:变形的脸,被贪欲重重地撕扯,极度夸张的飞驰,像巨大铁锯的上下抽动。

叫喊他所有的需求。

在他自身和狂乱的内心扑不灭的火焰,腾腾升高。

仿佛在过去的时光里沉陷,难以撤退,泥潭包围的肉身,越陷越深的污水。

背后有人喊着:疯子。他却为自己的聪明而得意。

多么艰难,如果让他忘记悲伤的事情。

懊悔

我们都是光阴的箭靶。
懊悔啊,曾经说过那些多而无用的话语!

无声地挽救:我想从沉默的甜水井中汲取更多的清澈和营养。
需要它的深度、清澈、潜隐。
需要不说一句话,把纷乱的世相关于心外,把滚滚烟尘关于心外,
把浮躁的欲望关于心外……

开封,开封

在内心的种子里

不，不，不，不是在肉体里活着，在内心里活着。

他说着无声的话，在内心，在内心的种子里……

内心啊，有着宇宙一样的辽阔无际，以及它的静寂无限。
也有着涤尘的大海清波。

羞惭，一种除锈法

如此简单，却如此难以及顶的心灵峰巅。
"不说他过，不称己德。"
我深有惭愧。

发现善法，它就在此时此刻。
关于德行，我还是喜欢那句"水滴虽微，渐盈大器"。
我需要精于为我的全部光阴除锈。

曲别针本来是直的

需要按着胸口说话。

努力遮蔽,假新闻的手上,有伤;需要多难才能抵达真相。花朵只要开放,就是足以信服的祷言上的美。过滤一滴水等同于大海的重要。

所有拼接的谎言,终会漏洞百出。

违背初心的一切代替,都是物质利益的臃肿。忽然,听到有人说:一颗慈悲的泪珠照亮了尘世。

雨:在天地行走

洁净,自省:住在高处。
有一座词语的庙堂吗?

它来人间:浇花,洗尘,公开时光悲怆和每一时辰的透明。

这也是人世浮沉,终归干净的凭证。

卷四　观心

清净心

且浴藕花风,你在江山丽日打坐。

一池清水是你内心的独化?
草木土石是你真情的独觉?

——更爱你荒芜刈割后的大我吧!
你内省的湖泊比一朵莲花更其深沉。

沐泉挹翠,听雨洗云,还你一个空净的世界,空净的胜心。

四野旷静,遇见,是否就是幻化的你的前身? 仿若,割草打柴的人,在野俯身,内心大静,拭天地一如剥出莲子,也无喜,也无忧,也无语。

心净极致:其身莲花,香气翼翼。依此,挽回所有曾经的流逝。

镀银的山夜

月光的纯银铺满我眼前的黑暗。

她的安静刹那间,亮了。全然无扰的纯净,菩提拈花一笑,我渴望
在手指遥遥处见月。

此刻,我在兴隆,反刍昨日今日时光。

我见光匆动,承接它的照耀,洗去尘埃。

在古木森森山庄,借它的偏僻,抵御我可能泛滥的喧嚣。

山楂树挂满盛果,内部的秘密是土地与星辰的秘密,是不言一语
的绿色浆汁,把时间雕刻出内心的圆满。

阳光的甜香味道,尚不谢幕,只要牢记,它至夜不散。

躲在屋内看山的老者,举起酒瓶,将孤独凶猛地灌下去几口。

而他拉开木门的瞬间,赛跑的灯光奔向夜空已经数丈。

这必定是有深度的、镀银的山夜。

未来,以及它的亮度,是我全部的见闻。

好像我并未看到远处的寂暗!

是否

——兴隆登山记

满山满地相拥的绿树。每每走动,都看到光阴被重新染上一层浓绿。

它们如何在山坡持久安静?

某日下午我攀行在悠长山道,审视山的险峻,太阳的亮度,我以一朵彼岸花的笑容向所有生存者祈福!

或曰花果山。它馈我脚力与高度,它允我骋目与辽阔。但我突然感觉不安——

我是否以占有者的欲望正在打扰一座山的静谧?!

更远的山,并不是以绿的覆盖,蓄养它的幽静。在那些仍然裸露的山石上,反射的光芒刺我,开山劈石的啸叫和疼痛,正以碎裂的状态呈现。

也许,它将失去它的高度!

而退后的山,它安静的绿,仿佛遭遇惊吓的脸。此刻,我像一个失败者,迅速找回下山的石道,以避难的速度匆匆出逃。

上午的寂园

光阴恍然已逝。

在那不曾视见脚印的枯黄落叶之上，往事隐隐侧身驰过。

也不是那几株粗大可抱的梨树了，更不是咋日频频情感凝聚的青涩之果。

寂静的树木之园，岁月似乎不曾激情，不曾光顾。

参观清东陵的人群乘车已往，我只独室安坐！

完全已若虚拟，久远之后，谁能记得我曾言行毕至，持卷览胜？杂树青叶在阳光里求度。红屋顶驮着广域蓝天。周围绿山，沉默若诵，其中那片红色花丛，含满了寂寞的幸福。

我为昨夜的虚妄之梦，几次忏过。踩着孤寂的上升台阶，且能觅到清亮的自己吗？

远途可冀，走着走着就明晓了，走着走着已是视物不见。就像昨夜，我们沿着兴隆南郊大道，走出满城静寂，星月照我，整个世界归于一心。

一切时日，太像一滴寂寂眼泪，倏然就从你的人生瞬间，垂直滴落，溅起邈邈宇宙的无响无声。

阔远之极，是你，已非你。亦无——

眼泪的巍然雕像。

　　　　　　　　　　　　　　　　开封，开封

关于跋涉，或者突然停顿

跟随河流。
他接近大海的内心，无比壮阔。

透明的风吹。
吹顺了一个人。

自波澜喧天的记忆，渐渐忘却时间的腐朽——
回归一滴水，永远向下的姿态，丢下色彩和泥沙的自净。

浪波平展，不着一字，月光的宣纸。
我需要它于当下如此的刻画。

被感动,热泪盈眶的秋日上午

石家庄南二环路,是一座城市的冷静。

青年学生进进出出的路影之中,一棵挨着一棵的杨柳树此刻学会低头谦卑。

隔河东望,南焦客运汽车站,忙碌运送人物的象征,光的养育,现实主义通途。

八月下旬的天气和我的内心有关。我晴而不霾,放弃一些旧路,见到崭新的。让选择暗合于灵魂寻找。

一切安排都需要致谢。

我为时间打坐,放弃嚣嚷功利和情绪的紊乱。

掬一滴热泪。

它浇灌慈悲的食粮,广布世界的绿色和芳香。

一些大言大词我开始弃用。黑夜让我失眠的理由,则是心火太旺。我需要在嘤嘤现实的废城上修建疗养院还是中医院?需要在破陋的风声上修建防洪闸还是蓄水池?

于热泪盈眶中,为昨天和未来的所有,祈福。平息一场争斗和安抚一颗狂乱的心同等重要。安静,内心,是整个宇宙。

时刻有被感动的。——善,有着放大与诠释的功能。

打动的眼泪,滋润邈远虚空。睁眼或者闭眼的打量——

一滴,一滴,飞翔的眼泪。

和平鸽般穿越柔软的心底!

你对热泪的接近,也是它对于你的相续抵达。

并非指代不详

如果让一只苹果抵达赞美,创造者,岁月之外的为善种种。

必然对于善恶,施予随喜赞叹或狮子吼。这——
自性唯一的分别。既如英国诗人狄兰·托马斯所言"赞美创造者",更是赞美的创造者。

在兴隆,隔窗瞭望远山

中午是一种慢。仰望蓝天,燕山的山楂树,天际竞绿。

白云,爽风的特别造型。安静,深入人心,一切,都走到往事里去了。

聚而散的人群不复来此。我为画中诗谋句——

兴隆处处。红果遍山。丰我远思。何能忘尔。

风一直吹着,从开封到北京,从北京至兴隆,我一路卸下火车的哐唧,夏日溽热,在少人往至的山顶望尽人世间的汽车、烟尘、马匹、绿皮火车、尖叫的餐馆、肺腑间插着的冒烟烟囱,强灌壮阳药的楼群,为自己而哭豪宅里的醉饮者,望尽身体里的疾病、废话的争吵、人类梦幻的高速、蛹、巢……

几株板栗树告诉我,它们的寂寞守望无须建筑心的火车站。我甚至望见清风了无痕迹的广大之影了。一路奔波,干干净净,时间企图咬紧我最慢地活着。

这么多年了,这么多年了,我始知晓孤独它比整座燕山广阔多了。

止语的中午,于燕山写诗,身心打开清风的无阻通道,已比三千五百公里,更长。

其实望见的,还有比山更高的,天,虚空,灵魂的乐邦。

短句偶得

定然,有你的开阔,有无语更幽深的意味。

有个无梦的你,深邃如星空。

隐藏在硬壳里的杏核儿带着你的苦,绽放绿芽。

慈悲,使人间持有不间断的欢喜。

记得的,你在其间舒畅心意。

在欲行离开的地方,在忏过的无止境中,自尊,随洁净的言辞,上升至自身之上的高峰。

诸事都需预言。

绝佳的品质,慢,活着。

异乡人的夏日

山楂树看山的姿态，
博雅，雄厚，绿色的小果实完全听得懂整个夏日的好意。

我在这个突感荒寂的下午，终于没能禁止乡愁的汹涌，望它沉静，辽阔，我为人世间悲智诚敬地大篇幅惜福善事，再次落泪。

我不能为愚痴到单纯的自己感到震撼，我的过错大过天顶徐缓的洁白云团。还有一些经历正需典当？在雾灵山广大的区域，一个人放下、解脱，并不关涉其他。

不必用隆重的事物权衡得失。

经典光大于世俗。我有时会彻底否定可见的世界。扶正被暴风雨的乱拳击倒的幼树，给予它长高长大的力气；给哭泣的雨水寻觅昂奋的根部世界。

善良的灯烛被粗糙的手点燃，透明的箭镞，急迫于对黑暗的围堵。谁都不可能阻滞它的神勇，迅捷的迎敌。

就像这些抱紧大地高山的山楂树，它们的思索让天空低下头颅，风生水起。源自寻常事物的起身，远近之域，绿的脊梁，完全是光阴的竞跑者。

企图本位回归的异乡人，看到如花的光环，正在遥远处，放大，一如他浩渺的致敬！

开封，开封

戊戌岁阑

他搭乘了练城集到县城的公交车。

他知道命运这不让他快乐的东西,不像此刻三十分钟三十五华里的距离,那么短。

也不像此刻,他在车站转乘到医院和医保所的距离。

他是和我并排坐着的陌生人。

他是把我当作倾诉对象年轻的农民。

他肩膀上驮着一座现实的坟墓:他实在无力掘开厚压家人的病魔棺材板。

在他的身上我看到了四十岁之前的自己,看到了一声不吭的日夜和蹲下复站起的岁月,流血的手指剥开的苦核桃的坚壳。

他想说尽贫寒的苦楚,说尽折磨他,龟跌驮石般的白昼。

他眼里闪烁着将要滴落的半生酸涩。

但终于,一滴泪映照着阴寒冬月星期五上午的时光,在眼睛里汹涌。

他听我的劝说,劝说里一丝丝短暂的麻醉,他多么急切地想甩掉压迫着噩梦的重担,他还想大喊一百声,但他于日常仍然把叠压得发霉的话语死死地塞进胸口。

他惧酒,却发狠地强灌烈酒醉去自己的悲苦沉夜,他的酒力是暂时沉睡的忘记。

他姓罗,未知其名字。然后他慢慢转身,融入熙攘往来的人群,匆匆北去。

——像顿然缩小,或者浓缩,一滴浑浊泪水。

盐

白，并未敷贴粉彩。盐的面貌，刻画了深居简出者的体质与才情。

它的出现，完全出自虚无，始终把握着味道的尺度，剔除襟抱之间可能隐藏的染垢与腥脏，确立它自己。

以最为沉默的低伏，以沉静既久的无形之态，灌顶般，倾听大海尽处浩荡与寂寞。

它素衣相向，没有一句恰切的比喻达及它的修炼。

不在数字上缠绕，更不去盘问，纯净一体，仿佛放空利益的菩萨身，盐的存在是在做着减法，还是做着加法？或者，某种劝问？谁若熙攘狂躁人群？执着于混染之色，偏离于灵魂主旨的界限之限，从天空，大地，从孩提的麦田、桑梓的鸟窠，从精神的禅法里一步步溃退？盐的反证，映照水边却步者灼热的羞赧脸庞。茫茫大海之间，盐的泅渡，自度，挺立于落满大雪的人间。它以自身动力发动时间和人类机器，听到了，真的听到了无声却是大马力的突突奔跑。

我从结晶的盐里捡到一本密密麻麻的素描簿。它的清净绝尘，它的超然迈伦，像孤独的少年钓到黑夜匣子里的月光，像钢铁那样用于凝练、坚决的心，包括广大却动荡的海水，像大道上的荆棘和碎石刺破退却的谎言，像深藏种子的坚果，忘记所谓籍贯，用写碑之心，扼住流沙的命运。——盐的净土气象，提升海水之上光芒的高度。

曾经，盐，掌控着国家的命脉。微微乎犹如星星的盐，决定着一个国家的味蕾。贩运私盐的经营者,旋转着日光的木轮车子,吱吱嘎嘎轧碎黄土的沉闷和干咳。当被一阵阵弥漫的烟尘告密,一把锋利的长刀瞬间成为脖颈闪电的穿越。

盐,有一粒被喉咙哽住的痛。

它,必须细细分化而不能大口吞并,必须溥利于众而不能饱满己囊,这适合于世间一切道理,人类更是如此:一旦在意念中卷起贪婪的浪花,铺天盖地的水合着暗藏的盐,进入你张开的巨口,某种呛口呛鼻的灌满就是深深的淹没,也许慢慢地融化等同于肉体或者精神的营养,等同于均平主义的合理遍布,它有种无法吐露的美感,和绝伦无比最为纯正原始的滋味。

是超乎万千真味的普遍真理。

合适份额的斟量酌取,盐,决定着生活的清淡,齁咸;操勺者,决定着生计的凶险,吉相。

但愿盐,不是给予饕餮者感官上的苦涩刺激,而是给予箴言清明的喉舌新鲜中正,精神的舒贴,内心的清淳。避免于血管栓塞、血压升高等系列名词上进入实际的想象比照。

医学上,比例准确的淡盐水,消毒杀菌,广泛应用于临床,阻止生病人群的痒麻疼痛。卑微的盐,何以大海的力量,轻描淡写处理了肉眼无以分辨的病灶?分寸得当,取其三五矛戟,悄然无惊中,飞传神明正确的口谕,不见威猛之师压境,但有武士之举简行,挽救被红肿的脓血侵略的危急城池,隐瞒名姓,拒绝冠冕,靠近了人类的勇敢和正义。

盐,仅仅亮出普通一招,隐含处,确立更多的别人。

盐,隐藏于我们的遗忘之中。从来没有人在一桌丰盛的菜肴上指认盐的无名形象。

所有惯于被遗忘的,哪一种不是和我们的存在最为密切?就像在渺小的事物上体会到的真理,总是不容易被我们记得。

附于木头表面的油彩,出于人类色彩嗜好的极度彰显,抢先被风雨揭开一张空虚的薄皮。盐,投身于实际所用,决然不去掂量复活的深浅意义,不理乎台前外露的荣耀。

盐,我们身旁的修行者,居士般沉静,淡然,守一,守护着本质与天然的洁白,决绝于脏污喧嚣,仍然抱紧大海深处的静默,品尝人间滋味,仅作善之奉行,冷暖动静取舍自成重量。

我们如果猛醒于对一粒盐的阅读或者倾听,我们的心胸已然化作含藏无限的万丈大海。

碎片:词,小于无言

一

我必然热爱这虚空,就像热爱莽莽苍苍豫东大平原。

它有灯,更有神佛。一炷蜡烛,一株小麦,一棵国槐,都像我们的筋骨,有光,有绿,有守候。

它们自塑的虔敬之心,比我诵经的心思纯净万倍。

借我一盏明灯,能够看见我浩浩的罪恶,以及身口意的过失。

我没有分身之术,我有穿越我自己的一点一滴积累的善力。

二

不必设定,我一定是无法和豫东平原任何一种绿树比高度,无法和任何一种庄稼比肥美,更无法和任何一块泥土比深厚。

我只有一颗心,需要时刻耕耘,种植,开满花朵。

以善念结出芳香的果实,供养以神佛般的人群。

三

人类的贫穷,荒凉,像风吹沙飞的戈壁,水流干涸的河道。

而有人,干净的内心仿佛扫尘守静的寺庙,守着归来的家,和豫东平原一样的安静,呵护小小的幸福,就像在飘飞的雪花上刺绣。

186

四

阳光不吝的豫东平原,只热爱粮食生产,杜绝酒的狂欢和麻醉的贪欲。

粮食扶正与精神携手的诗人和狂客,酒却豢养世俗的卧倒和烂醉。

沉迷于贪婪的人群,是凉雨浇头,冷风刮骨,他不配做土地的主人。

我热爱活出个性的卑微禾苗,不理会滋生傲慢、轻浮乱象的流云。

其实,万物皆有因果,还是让我放下,剪除机谋,看万事祥和,

仰望内心,热爱一切!

五

天空布满菩提慧眼。

让自己放归每一次忏悔,小于内心,总是对的。

放大的时间花朵:盛满了自性的甘露。看不见自我时,世界仿佛显得如此逼真。而之前的事物,其真实仿佛冰面上的彩绘,有着短暂的绚烂。

六

星辰在黑夜独醒。照见了黑泥般的夜里独自坐起来的人。他数星星,数光芒的经卷里,一粒粒自觉自悟。他肋骨的刀,斩断慵懒的睡意与身体的疾病。眼泪稀释星光的悲悯,滴穿执念的顽石。

无限的星光,幽邃的探秘,仿佛他自深夜掘进的心矿。

七

忽然看见一群倒立行走的人,在自我的框子里跳舞。

忽然倾听到鲜花无语,给我的某些暗示,我需要时刻揉亮眼睛,觉醒到头脑在上。我需要关注足下新路,不关心坎坷几多,我需要关注正行于前,不关心苦海几多。

凛冽冬霜,冉冉春风,苍茫秋水,荷香湖塘,我相信,都是一次次慈悲开示。

八

把一切,放在阳光下。

把豫东平原,把静谧的光阴,安详的土地,破旧的房屋,宽阔的道路。把自私、丑恶、龌龊、腐败,把荣耀、公允、智性、业绩。

它,凝视着我们,无际无边的恩光。

连一粒耕土都是诚恳的,不管谁,都不敢,也无法背弃自然的良言,浩繁的祝祷词。

在晴朗的豫东平原,唯良心,

如同镜鉴。

开封,开封

再次写到一滴水

沿着时间的流痕,能够找到站起来的无尘生命?
天地之间悬挂,瀑布,以修行拒绝停滞。

那叫着人,也叫着思想之书。
叫着植物,也叫着大地之绿。

光阴之洗。
或者活水之洗。
值得反复回味的词:洗。

被上升的水。
浇灌。
冲洗。

干净的欲念,一滴水。
一滴水:清澈的灵魂,是你的照见。——你是你的答案。
一滴水是一滴水的答案。

对一滴水的透明想象

一滴水。

一滴明澈的水。

一滴充满善意拒绝枯燥的水。

一滴滋润天地擦拭污浊的水。

一滴娓娓动听的劝言。

一滴感人肺腑的宏词。

一滴深含着万物成长思想丰收的水。

一滴泠泠铮铮轻轻敲响时间的水。

一滴曼妙柔和引领灵魂舞蹈的水。

它是被洗的世界,它是被冷冻过的岁月,它是曾经顽固的梦境,它是沾染轻尘的雾霾。它是慢,它是钝,它是错乱,它是迷蒙,它是浑浊,它是睡而不醒。

但是,这些是从前,但是,这些是幼稚,但是,这些是迟疑,但是,这些是混乱的心。

一滴水,本质纯净的一滴水,一滴水,天然清亮的一滴水,它,需要最初,需要觉悟,需要保持本然的透明、澄澈、空净。

所以,你看,你看——

一滴水,就是透明的一颗初心;一滴水,就是一句没有任何私欲和杂尘的根本。

它,洗净了所有对于它的污染;它,去除了企图笼罩它的灰尘;它
过滤了充斥其间的病菌。

一滴水,多么干净,一滴水,多么净纯!

一滴水,它给予了我们多么丰富的想象! 所以,值得对于一滴水
发出心灵的追问:

它,是谁的眼睛? 对于浑浊世事的辨认?

它,是谁的明镜? 对于模糊记忆的澄清?

它,是谁的慈悲? 对于人性艰辛的垂问?

一滴水,你,你,我,我,他,他,我们,是否就是一滴透明的水?

雪：时光之冷

天空多大的伤口，暗合于一片片铺开的雪花？

我拿自己的心，去理解雪花的孤独，我想我错了。雪花，时光小小的身影，它的喻像有三：会飞的人；无相的菩提；词语的河流。它点灯，它顾念，它安装尘世的明镜，

它一小捧一小捧地洗着冬天冷凝的心……

我的无惧的黑夜，它已经是伤痕的发光体。

这些寻找者，持一封封信抵达。我是它情感的四十五华里驿站。

母亲，一定在天上，在一朵朵雪花身旁，沉默，无语，数哪几片能够落到她曾经苦累的村庄，哪几片落到寂静的榆树庭院。

那些，都是母亲在上面看老的花朵吗？

飘洒，我的手掌心，蕴含一滴滴看我的眼睛。

那么多，那么小，那么亮，无数哭晕的雨水。

仿佛神的突然转身，借一双双泪目打量已然改变的世界，打量一句话说不出来肃肃站立的仰望男子。

黑,恩赐给我们圣洁的明亮之光

天如果完全黑下来,我还能于此刻,找到我依然明亮的内心。
找到自己,所处位置。
平静下来,日子如何标注我,存在的本质特征?

我坚持向上的仰望,没有错;日子本身没有错,一直是我们错了。
往往,我们对于身体内外突然降临的漆黑之夜,毫无察觉。

月亮,卖力肯干的好裁缝,它恰当地——
给疏漏的黑夜,留下透明的补丁。

上空，亮日

杲日当空，顿然，心开如绿荷。

瞅见不是十分重要的事情，功善的接近，力行是它的同义词。

你应该当下光明，别无杂染。

熔炼如其质。

如何做到日常的定格？亮日如大愿，亦如一蕊善心！

你会说，看到了，看到了，一天新的日出。沉着于对睡梦的冶炼或者提醒，我情愿擎举深夜的日照，已不仅仅唯我一人。

总是有人说：见日，重新活过一日。而文雅的则谓：得庆更生。

熔日在怀，每于黑夜，除障碍，忘记不朽，拐过一天最后一个弯，观照一朵朵静如夭夭桃花的妙境。

——我有登临彼岸的大心。

灯,光芒之灯

尽启光明,一盏灯。

在尊者之前,在自己的阴暗之上。

一切,终将过去:我尚能自驾自身否？深藏过去的自己,我的天问。

这样的守护,千年的约定,一盏灯的幸福,需要照见自己,路,佛光。

最好,像自己一样安稳,醒着,光,智,琉璃般净念。

持灯,我观照到了,尊者,静定于无限的光芒之中。

越大越静。

一念间,甚至额头,缀满了光耀的星星。

取决于时光的纯度

谁都没有制度性设定,必须交手,和那些层出不穷心地危险的人。

我远离行履泥辙,对于脚步的限定。

每每缩小于所有的不见,还有利益的啸叫,在疯狂的树顶生长,在柏油马路蔓延。这时候,鸟的惊恐是翅膀的超声速,是暮色在嘴唇、额头、肩膀的从天而降。

我在粒粒忏悔间,种下我的无声,和无我。

退回到灯火明亮处:让那些多余的事情结束,让那些嘴唇上的罪恶被一束束光吹落。

难道,做一个静纯的人,还不及一棵树,一滴水,一粒土?

它们所包含的沉默和善愿,有着时间一样的大而无形,功而不彰。

用心灵校正风向的人,他打开自己,像划分句子的每一成分,每一个词都是用感动浸染的泪水。

脚步,静守于动与不动的中道之间。耳朵,眼睛,思维,胸脯,寂静的旅行,正和过往或者现在告别。

似乎有人发出天问:以多少吨安静,才能澄清人世间的日夜喧嚣,和浩浩脑海,间杂着生活垃圾的滔天巨浪?

我早已厌弃模仿的人生。并非突然相遇:危险的人,他正以怪异的目光刀斫般地伤我。

香味是那么浓烈

总相信那是蜜蜂嗡嗡嗡地在飞,人间有花。

我的亲人,你脸上的寒风刀痕,多少次被劳动的泥土弥漫,泪流敷伤,洗尘。

我知道,你们的伤心事,不会比一日日晨昏升落更少。

跟着灯光回家吧,跟着花朵回到初心。欢喜,抑或悲伤,仍然爱你们,也爱他们。

是的,你们都是从黄昏深入,从清晨解脱,还是拿起自己的双手拍打去黑夜的齁声、鬼魅、噩梦,物欲的发热、虚假的鞋底、草芥的杂陈。

陪伴一亩蔬蔌,八百棉蕊,三千荞麦,或者嗡嗡嗡蜜蜂的修法,喜鹊翠绿的清鸣,才是现实的智慧咒。

亲爱的,我的祈愿如此简单:
看到每天日出,为淘沥出苦难的心,取下一盏照路的明灯吧。
它持久,且耐用,晒干命运的霉斑。

用灵魂和生命的意义仰望。牢记:无论何时,都悬挂于——
花朵的低处,心的高处!

在内心隐遁

弹动阮弦的人,听到事物的无声了吗?
他坐成自然的襟抱,在自己的内心隐遁。

看到那么多跪下的人,他的眼泪唰地流下来了。
看到那么多让霜雪剜割伤口的人,他的眼泪唰地流下来了。

大地坎坷,湖水是他的泪源。而非望云,云已自头顶漫过。生长
的身影之树,馨雅的光阴,并没有任何痕迹,它轻轻地飞越千重磨难万
重浓情,不需要一丝承受之苦。
难道,不是有一面镜子,正观照生存之忧患吗?
透视自身,舍却一切技术,就这么笨拙如哗然而下的月光,如何一
径深入,学会自性自度?

他把所有的思虑,都交给这无限的乐音,一一过滤,干净,犹如粒
粒舍利,内心空阔。
跳跃的音符,是那跨过险路的人,是那超越辎重的人,是那洗去怨
恚保持大海平静的人,
是那一见芸芸众生,便慈悲心生物资极度贫乏的人。

流淌。
流淌。
流淌。

　　　　　　　　开封,开封

弹阮的弦声自他柔软的心间徐徐流淌,徐——徐——流——淌……

灯:黑夜的智慧

拨开黑夜,那只明亮的核儿,已经种在了点灯人的内心。

必须说:是。

十二级大风可以吹灭乌云,却无法吹灭天地之灯。

灯是枕着风声,睁着醒的眼睛,看见风吹过去。吹去扬扬得意的灰尘之翅,吹去草木之冠去年的残壳。

终于从寒冷的冰河上走过来的人迎接了它!

还好,它的手如此温暖,融化一个人遭受的苦痛和他过度的悲伤。

他的呢喃是感谢的全部内容。

他的感谢有着灯的主题。

在风里找到的灯,它是黑夜的智慧。

注视着没有被照到的远处,一盏灯并未停止它的努力,如果高傲的人群没有学会向一盏灯致敬?!

他把整个身心交给明灯布置的光芒,他就会在消融中跟随万物生长。

然后,会说出灯一样,彻悟的智慧。

风吹着过去

狂风追着上山的人,寒冷袭击他的意志。
构想一个上山的人,构想一个无限放大的生活。

白云洗净的天空,仍然有风吹过的痕迹,但现在,它干净,空阔,像滤去暗影的命运。

事实上,我一直在某种梦想中生存,却想在无欲的净地,根治夙业,甚至一念的污染,我不能和曾经的自己一样,也不能和万境的草木虫豸一样。——我多么愿意做一个无我,也叫作忘我?

我把静思归还自然,把无数的身影交给盛大的内心,储藏。
我要追着大山——上山。
反转定式所见,所思。

让风带走灰尘、寒冷、欲望,带走整个人世间的苦怨疾病。

梯

一

踩着云彩的人。

二

夜晚的卸妆者，他把滚烫的心同时卸妆了。

三

喧嚣穿耳。他把话语像足球一样踢来踢去。
整肃的外身像一匹强行打包的破棉絮。
工业染料堆积他虚假的身高，以及嘈杂的胸腔。

四

如何嗅出原始味道的泥土？庄稼的奶香，结伴绿叶的笑声。色彩
是日子沉默的节日。

总是一些匆匆过客。在浮云间抓取命运，却漏尽天光雨水，心的
造像。舞蹈的双手，一若唯一的生命体。

"一念回机，便同本得。"谁是转机的最终答案？而在属于那些苍

白人群的空白处,以自己伸展的手足丈量隐藏既久的个人主义空壳。

五

　　定静的大地:承载着器世的永恒或者闪过。踩着云彩的人,彼时在高端,此刻,甚至未来逼至,立于戚伤的双脚,企图找到迷乱的耳目、口舌,以及萎缩的额头之外,那一粒黄土上的立足点。

　　昨天和今天,区别在于你是种下丰腴,或是种下荒凉。

在花香里设置广阔的疆场

愈加茁壮的文字,是他一个个,冶炼而成。

沐雪的脸,闪光的钢铁,仿佛一下子参透的话头,让一句沉默的语言,三缄其口。

于尘世边缘,躲开沸腾烟尘、滚烫酒精和肥硕的友情。

刀刃上舞蹈,独自度过……

就这样度过了来来往往的人、心烦意乱的人、狂躁不安的人、躺在寻人启事里的昏睡者。……头顶,一颗多么冷静,纯然,孤悬的明月!

他日常修炼,一再隐身,敲打出了内心的锈迹。

以及黑夜。

他在自植的花香里穿越,摒弃繁杂喧嚣的人间。

他所寻找的广阔疆场,

以安静的名义,扩展以至无限:他想尽力每刻做到能够悉见内心原野,无极的花开!

开封,开封

折叠起无数次风声

被风吹皱的脸,一张张:和秋天的树叶合拍。

时光的小径,荒寂无声,企图寻找到自身的人群,站在脚步里探望。

风声的子弹,扫射逐渐残损的日子,过去的一分钟倒下了,过去的一秒钟也倒下了。

紧紧跟随者,像不老的光阴,一粒粒尘土落在骨头和发芽的风雨之上。

我只需要一片乌桕叶那么大的地方,缩小欲望。

我只需要微尘那么大的地方,晾晒我所有的罪过和荣光。

我的秘密是语言的沉默,意念的沉默。

知我言辞隐喻者,必是那少数拂尘之人。知我意念沉默者,必是那养德奉善的人。

我的沉默,是一架旋转的水车。

我将以此,折叠起无数次尘世风声,人间寒凉。

星期四

乌柏树叶藏不住昨夜的露珠,太阳一出来,它就送出一天的翠绿,铺展得像去年一样广远。

去年是剪断的麻绳。松散的光阴,释放出谁的一声叹息?

多少人在做着去年的守墓者?

利益的针鼻之间,排着长队翻跟头的人群,汹涌的表现欲?占有欲?像磨红的猴腚,张贴了欲望的布告。

——相互追逐的脚跟。

极力推动,麻将场上的手。一生光阴,输净赔光,被失败刻画的脸谱,定位于我的邻居、亲人、熟人以及众多的陌生者。

众生相,感叹词,之间,画着相等的符号。

自喂的胃口,张大如鼓。被膨胀的肚腩坠压的肉身,压满了拥挤的街道。

另一端的压路机仍然轰鸣。

谁的否认长成一堵墙?不必纠缠于时间的富足,和年龄的轻重,瘠薄的土地上有水,有光,有隐含的话语,朴素如此,清晰如此。

清澈的汗水里,追光的早醒者,出发——

星期四的早晨依然是一爿响亮的晴天。

　　　　　　　　　　　　　开封,开封

打造:时光三帖

一

时光几近虚假,而它的真实,需要呈现。
孤独不易察觉。
即是一言:近智慧地,生欢喜心。

够了,一切皆属多余——
身体、语言、欲望、钱财,偶尔的贪婪一念,所谓的美色、飨、美名如
餍、醅……
时光:凝驻心之一端。

世界皆无,倏然惊醒,于此间,光芒照耀,吾已忘我。
时,光,无私的布施:唯能专此在灵魂疆域,独自拥有。

二

时光,拒绝把你的身体雕刻成石碑。

一具肉身,一把针,甚至轻轻地触碰,就会流血,而非火花。
即便如此,你没有理由拒绝拿出你身体的光芒,照耀脚踵重复的
路径。

三

不羡名门，只去原野。

我羡慕那个暮年的老人还在荒寒的岁尾捡拾结冰柴草，仿佛捡拾不曾遗失的岁月，自如，沉静，无想，时光刻板上的一张白纸，写满时光的柔软词。

释雪者，和火密切相关。

六月廿日

灯的白光寂寞而泛滥。

时间尚未开闸的水,于母亲的床前围困。

我看见老母亲的嘴,张开,合上,她已不能真实说出患病的现实。

她的急切,像医生开出的重复检查的诊断书。

第四次,她被高额的药价所挽救。

她被自己以及物资的梦幻围困。

她有无法疗治的病痛和呻吟。

她有无法疗治的卧床不起和吞咽困难。

她也有无法疗治的对于疾病的慢性子和对于庞大而万能的医疗器械的恐惧症。

她仿佛和这个并非寂静的外界隔绝。她被疾病的重压压倒于贫穷的黑瓮。

她的昏迷不清一如假疫苗的时代;她的梦语更如执法者的照本宣科,字字气虚。

我是护理者,但却更像无能为力的旁观者。看她病,看她病不起,看她像整个病态世界颤抖着,被打倒,被折磨……

她的酸麻的右手比画着,弄不懂她向我们提出的需求和想法。

她的酸麻的右手比画着,制造着分分秒秒的谜面。

能将今日寄何处

　　心的驿站,正在邮寄的一个人,始终站着,他被空虚的影像放大到仿佛虚无。

　　很久以后,不再为昨日或者今日溯源。

　　我想,有一天,我已然忘记了所有的影子。

　　像一株树彻夜打坐,无私,无相,星光笼罩,只是听说而无其他:麦子返青了,日子返青了。

　　霍然:

　　一个人返青了。

　　一滴。

　　两行。

　　泪珠。

　　浇灌泯罪一生,情寄彼岸,波澜不惊,笔植远山,不声不响。

美哉！星光

　　观照：头顶闪烁的星辰，如我。

　　翡翠短句，点燃黑夜无边的智慧。所有冷寂甚或压抑的人间假象被戳破——

　　天空于无限高处打开灵魂的出口。

夏日正午

——读索甲仁波切《西藏生死书》

北城墙胡同东端。一个人,此刻孤独,坐读正午时光。

往内看。自我卸除井底蛙的狂妄自大,以及狭隘。
一个人的带领。一群人,检视心性。云后的天空绝无止境。
我希望这样的日课。挣脱固执的拳头。身体内安装照路的明
灯。

需要证悟的诺言,比"日常生活的心绪完全是愤怒、贪婪、嫉妒、
怨恨、残酷、欲望、恐惧和纷乱",负荷更重。

在人群中丢失既久,我努力搭设一架虚无的梯子,设法找到本自
清净的——真我。
找到隐藏既久,本自清净的初心。

(有人指着我的鼻子谩骂——
荒诞的两个梦!)
(于现实深巷,谛听过滤嚣尘的天地宁静:摊开思索,抑或洁白的
一纸无思。)

炎炎夏日,倾泻满地,静泠如玳瑁。
凝注到平常的智慧,愚笨亦如光芒了:一丛绿薄荷与一棵幼乌桕
相忘于对视。

212

谁,于某时某刻——

果断地,把惶惶昨日和稠密的物质喜悦,撂到了身后?

时光本来就没有流动

完全是假想：时光澄寂，根本就没有流动。

所谓的暴动，只是你的一厢情愿，你完全败给了你的自我对立，和情感逻辑。

你是静的，却被动乱拆解。

你是智者，却被经验制伏。

你是生死无畏，却被伤痛苦楚蒙蔽。

穿过驼铃声声，一滴水和一粒沙微笑。

根芽和绿，修改枯死的冬天。

哭出血的梅花，用寒冷挽救自己。

"在这个多疑的时代里"，矫饰人群一如中毒的苍蝇，沉醉，餍足，吸食物质化的欲望。

你是清淳，却被贪欲沾染。

你是醒者，却被酣睡豢养。

你是体悟，却被愚痴玩弄。

不要设想时光会嘲弄你。它没有流动，也没有劝说。你得不到它的一点好处。你累死在你混沌的自身。累死在所谓物资的空壳，以及钱币遮羞的无极荣耀、干巴巴数字化的断根梦想。

企图用时光造设一副巨大的反光镜，它根本不去理会你的所有挥霍、摇摆、霸占、癫狂。

　　时光无所谓流动,它摒弃世俗化冠名,一切。

鸿雁来

我把白露看作时间筛下的浸凉眼泪：
由于过分的热望，模糊的视线，横挡着错误。
所以，它杜绝。

碧蓝的天空，伴着白云，鸿雁来，振动的翅膀。
富有质感的响声，触碰着远处的绿土丘。
直线而至，飞临头顶。
宛若造句。

我听到这飞翔的生活。
往后仰，尽力让阔大的场景一览无余。
我不可能远离宽广的地面。立于浊世，已然习惯仰望晴空。
我学蝉，于黑夜挣脱束缚我自己的蜕。
我在心原之上奔跑，抑或沉静！但我不属于过去。

即使赤脚修行，我不想踩踏散发浑浊气味的腌臜地面
我不无选择地爱一切，众生。但我更无选择地爱清净与纯真。
我在雨中穿梭，在雪中奔跑，在风中奋力，我要拍去它们在肩头的
沉落。
我的心，飞得那么高，像天空的鸿雁来，
我只希望全身不沾尘埃，不入喧嚣，在前亦是，在后亦是，在上亦
是，在下亦是。

开封，开封

捆绑钢筋的人

一月转过身来看见脚手架上忙碌的那群人。

一月的树梢系不住冷风。和零星飘散的雪花。

降伏寒冷马匹。

梦想的泥地上,连续的追逐,当碎片纷落,拖后腿的影子,挖开不规则的深洞。

这是整个冬天的高度,贴于孤立水泥柱上的身体,来不及回应一场白雪的不安和拥抱。

仿佛自骨节内部,传出了声音的哐哐当当。

适时拆卸的零散的旧架子。

这不是冷与热交兵的心,不是愈来愈迷恋忘记,疼痛、苦难或者无奈。

不断被钢筋加固,雪花焊接的日子,响着听而不闻的嘈杂。

让一双手机械着。一经贫穷的想象编程的身心,随着钢筋的支撑而升降。不是向天空数说虚假:悬于钢筋和铁丝之间的幽灵,重复的动作,手的中心,已在身体和悬空的生活间隙找到某些平衡。

密布阴云的上空转过身来看见脚手架上忙碌的那群人。

枝头顶端被一朵雪花禁啼的麻雀,转过冻疼的身子,看一眼脚手架上忙碌的那群人。

它映照

突生的利益，在玻璃的一闪间，消失了。

它映照，我的虚空、无尘、持忏、清晨之边的仰望、日暮之远的无思。

抽掉一双嘴巴，在静默中福慧。

直到忘记时间年轮，直到肉身朝阳，心灵养拙。

直到听到花开若抄经，果落若业净，一切安好，我遍赠我的沉默，灯烛，玫瑰……

一万里行程若不动，亿万朵花香若无痕。

允许自己在忘记里忘记，在一念至善的白纸上抹去过往、现在，甚至未来的功劳簿，抹去虚无。

看到光芒照耀——

荷花的净心居，大千世界妙如轻安。

玻璃中人的无住，擦拭一日日满积的尘灰。

打磨石头的镜面

背负石头的手渐渐松弛,他在放下的一刻,突然发现树木间的阳光,和树冠的天堂。自己仿若新植,生长的枝叶撕下黄昏的假象。

光芒贴近,仿佛蜜蜂轻飞,张开了天地两翼,经历辽阔之境。

需要如此之大的力量,找到素朴的哲学。我要拥有轻松的光芒,与无尘的亮度。

因获取而伤怀,一座个人的情感废城。

有和沉重石头作别的心,率领它,翻越栅栏。拆解生存现实与推挡阴暗处的乱箭,相似于一等于一。

生活的本质是,铲除壅塞的雪,终将得到雪水的滋润。

偏偏可以利用虚无修筑自身。无所遮拦处,火焰首先起飞,显现开锁的远方,推开门,推开活着的命。不是惊梦空飞中的你,也不是深陷泥淖中的你。

一群人在冷寂广场,用破碎的唱词在戏剧间打洞,在浑浊的唱腔上赤裸狂奔,演绎,变脸,模仿,形容词发情,钩沉人间旧情,我塞耳无语,岸边疾走,厌离一张蛛网连缀。

我在无我处,打磨石头的镜面。

一切缘于照见。

光,火焰,清香,花朵,柔软的安慰,慈善面容。

身上的石头,昨日的负累,现在的容纳。像禾苗,度过淫雨的潮湿期。

施粥

——追溯腊八粥古意

施粥者无语,忙碌的手律动。

食粥者喧哗,跑动的嘴巴挖洞。

灰土路摇摆冻馁者、流浪者、落魄者、褴褛者、一文不名仍然诗袋
满盈者……

如此寒冷的冬天,像破败的黑斑红薯。

一侧:加冕的政客奋力划拳的酒令里炸开满口麻醉晕眩之音,豪
华的宴宾楼窗洞横窜酒肉满天腐烂腥臭之气。

一侧:清静寺院直起腰身,暖阳召唤:善力沸腾,梵乐轻奏。慈悲,
加热一锅腊八之粥。

香味弥漫,肺腑通透,眼睛倏然掀开清朗的雪花怒放。茅屋耸立,
轻推门开,柴堆火焰,噼啪,噼啪,寒冷铁栅断裂。

人群,荒乱额头,蒸腾着春山绿草。

按下去的心,突然间,春意盎然,禾粟指向蓝空。

还要往前走,一走,就走到风雪之后,土地拔高的谣曲,祈求安平,
一声连接一声。

善感胸怀,喜鹊叫了。

脑海的无限日光,同时,拂去浓云,倏然闪亮。

告诉

大风仍自歌唱或者哀伤。

愁云不断集结、扩散。

被翻卷的落叶催生着下一年的新芽。一直不懂得腐朽和新生的沙尘，吹起，落下，然后重新藏入厚重大地。

俯身大地的人，谦卑如草，他值得赞颂，就像河水对于时间的赞颂，就像眼睛对于苍茫的认同。

漂泊的母亲，背着幼小的孩子，在路上追赶她的命运和苦难，她经过绿树丛，经过烟尘弥漫，经过蜂蝶纷飞，乱石峻嶒和精神的疲惫与战栗，她的脚下有川流不息，有草木歌舞，有一季季鸣虫的转瞬即逝——

我们形同草芥，不需要高傲和蛮横，不需要食宿之外的物欲，甚至不需要任何的虚名与争执。

需要如同绿荷般承载的感恩。

对于时间，一切皆属多余。

没有别的，告诉亲爱的，只有好好对待疲倦的灵魂，不要沾染轻尘，不要在现实沉迷于假寐。

你的空间，应该永远圣洁，虽然我们是如此卑微。

就这样

就这样,在晋南的山里看见柿子树上的红灯笼,照亮了旧山水。

就这样,整座山因为这些红红的果实,绣补了漏风的季节。

人群来去,草木荣枯,只有一棵沉默的树木,看护着整座大山的沉默。

我理解,它的沉默,就是一只乌鸦搬去身上的夜色;就是一丝微风怀抱的神秘竖琴;就是深夜山顶高挑的星星的孤寂;就是石铺的远道上星光的慢行;就是不经意间吟诵好句子的溪水闲适的踱步;就是灰暗的枝头突然掉落的几层轻尘;就是它终于读懂的巨大的虚空;就是黑夜的风暴上不喜不悲的山石的冷静;就是它悬挂的红红的沉默,红红的沉默的醒目!

就这样,在静谧里看见柿子树上的大山;就这样,在大山看见高处令人敬畏的眼神。

就这样,哪怕孤独一身,仍然像感恩一样,瞭望着世界,瞭望着来去自由的无尘风声。

开封,开封

草根是命

苦难无边,但,厚土无言,含着寒和暖。只为月光上的琴弦,只为草叶上的风暴。

在广大的山地或者平原,草根是命。

缓缓下落的夕阳,把暖意的硕大浆果安放在一个个阅读黑夜星光的人群。

只有,只有乡村巨大的黑夜,只有乡村巨大黑夜的安静,能够融化任何恐惧。

草根是命,它一再埋于内心的安然,毫无责怨,一如擦亮钢铁火花的矿石。

仰望星空,除此而外,我只向着这片厚土低头。

低头,只为寻觅深深扎下的根,和不屈于重负的命。

那也是:俯身于大地的善德!

野

庄稼浩荡着绿色。

在田野,暗藏的黄金引路。

空空守望同样有着一丝丝甜蜜。

胸怀的海洋,让我听到了故乡流水,阳光满地,喊叫着村庄乳名。

忍辱的大慈悲,素朴,泛着内在的光芒。

总是看到延伸的南风,吹着,吹着石头上磨砺的锋刃。

忽然学会沉默,黑夜无语,叶子抖落虚浮的露珠。

土路,行走着轻闲和理想。

蚂蚁真正做到了大公无私,它搬运无声的礼节,向过于夸耀财富的熙熙攘攘人群,无声示威。

以此卸下辎重的身心。

天空,臻于完美,云彩的绘画,杜绝纸张浪费,和文字的唾液。

在田野,肥硕的农事,人民的代表作。

而厚重的方志里茂密的冠冕一再遮蔽一丛丛躬耕的身影。

抽身于不可破解的谜语。褐色衣服坐在雨滴里,总是忘记一封信和笔。拔尖的青禾找到粮食一样内敛的姿态:怀抱黄土的诚恳,不需要说起的厚爱。

根须或者花朵。

甜蜜或者苦辛。箭射聒噪,弃掷货币,以清风兑换小麦,谷物,和瓷器般容纳的心。

时间已然蜕去神秘。梦想莅临崭新所在,于秘密处,拎起浩渺的远空。

缝衣：又残又破的黑夜

祖母的油灯，摇摆她手臂的轻风，她缝补这个残破的黑夜。
丝线抽出光，抽出的暗影，晃动，她老化的眼睛不好使了。

针尖上的疼，猛然弯曲的粗糙手指。
她隐忍咬下的嘴唇，默默吸吮的血滴，被再次轻轻吐到浮起烟尘的泥地。

只能在黑夜，在残破的粗布间，祖母学会让自己的针线，扎进去，拔出来，拔出去，然后扎进去……

生活如果有看见的伤口，只是我在童年的玩耍不小心弄出声响时，她的一扭头，那把错误的针又一次扎在她还未完全止血的手上，她的不自觉的——容易被忽略的——轻轻的——
一声——
哎呀！

开封，开封

替换

雪花漫天飞扬时,我在看;雪花冷寂无声时,我在看。

我完全没有意识到遭遇冷寒我怎么把自身的忧愁,甚至罪恶,转化为一朵朵洁白开放的花,然后和昨日告别。

太过贪恋模糊的今日,太过迁就一分一秒的逼近。——装满外物,自我娱乐。

满地白雪,时间的碎片,只能融化,而已无法拾取。

我遗恨如此,自己仍在挥霍掉一个清风悠悠旧事杳杳的冬天。

在春天望见青山

满地花朵,召唤仍未前来认领春风的人。
仿佛昨日拟就,无限之大的请柬。

我独自立身,遥望到远处的青山,巍巍可及白云,在我完成对于沉
重冬天的装卸之后,唯一需要轻若如此,予我心情的润色。

开封,开封

毒日

晃动不止的身影。物体的空架子。刀的宰割。轻如一根羽毛。

在催逼的汗水里苦咸的命运有着火与水的双重煎熬?

被怎样无形的绳子所牵引:他企图借助火热的脚步剪断贫穷和疾病沉重的翅膀。

持久的沉默,和一个无法言说的夏天,

他,他们,一再容纳垒压着重石的日子,将并非假想的顽敌拼命降伏,推下悬崖。

在超负荷的城市工地,在焦渴的庄稼边缘。

时间崭新抑或开始

一

燕子自我身边飞过时，我自泥泞中脱身。

独饮冷冬，我曾猛呛满面朔风冰雪。弃掷一丸丸磨难的泥团。月季描摹艳红的旧城头，一瓣瓣黯淡的旧事凋零了。

抬眼枝头，盈盈新人沉思，倒影一张阔达的蓝空明镜。时光愈加端正，流水的远足犹如梦想，更其远大了。

有着被它们丈量的胸怀以及牵系的感念。

春风吹过大地，满野慈悲绿叶红花，仿佛双双含情明眸，瞅见悲伤的人抹去了辛酸的泪水。

熹微东方，崭新的丽鸟声声绽放。

二

折叠着的年，翻开的一页，播种春风，翔飞的琴弦荡漾喜气，祝愿如兰，长一声短一声的问候，火焰升腾。听到低婉的羽翼越过白雾。

沉痛如果足够多，就不需说话，从时刻觉醒的一棵树木寻找时间的跋涉。

还好，我已经忘记那些多余的、物欲的辎重。

我只，相信一切新的开始。

三

必然为它们俯身,必须像它们,跟着春天生长,春芽的嫩尖上春露堆玉,微弱,但持久,温暖。鲜活的生命比绿意布置更加广大的气场:它透露了你的内心多么灿亮的灯火。

你是设法躲过一滴滴檐水的人,或在窗前秉烛诵经,或在雨中聆听天地。

像那条开辟远古的大道,不会迷失于扯天的浓雾。

四

菁葵,菁葵平静,盛大,春天的大门,朝向四方。

我在蓝空下,骑马驰越一池寂水。迎我的愁,散了;花,开了。我的沉默的昨天,埋下寒冷的种子,它梦中期待的暖风的手,现在花开四野。

平静的中午,无扰无忧,聆听春天雅致的脚步,深深的思考中感知的幸福,多么清亮。

五

举着不死草在街上叫卖的育花人,昨日自山隅来,明日自市井返。

多少年了,我和他相遇,虽然擦肩而过,实则熟稔多年,或许我莫敢止步,已把他视若山中神仙,伛伛勇夫。

他想方设法救活一个个死去的春天!

六

琥珀的影像。点亮了。

到了春天就生动。

一盏盏清俊的面容,一篇篇千古文章,如山川入目,盈溢着小轩窗。有人在漱石,有人在枕流,悠远的钟声叫醒了午夜的圆月,或是浪涛淹没的背影。

拒绝徒然的心,和涂染的目光。

陡然愣怔了,为着心头架设的灯笼。顿时觉悟了,浩荡的身体多像无际春风。

审订飞翔抑或安详的春天。

它喊着你的名字,不离开,仿佛一生一世的长久!

轻些,再轻些

夜,轻些,再轻些。
像星光的轻,像月亮的轻,像灯光收敛了翅膀,婴儿熟睡的轻。
轻轻的夜色像包扎暗疾的伤口上柔软的绷带。

踏着霜寒的夜行者,视轻轻的夜色如一团柔软的棉花。

夜,轻些,再轻些。
像贫穷的轻,像烦恼的轻,像宁静的旷野小夜风的轻。
轻轻的夜色像化解怨叹神秘的灵药!

需要轻盈而自信,真实而透明的场景。
夜啊,清醒的叙述者,仿佛,在沉吟:轻些,再轻些……

明亮的灯盏

灯光安静。
潮湿的时间之上悬挂一帖帖温暖的慈悲之词。

尘世风大,沙飞。
坚持找你的人,安静若六月荷花。
安静,只有安静,恰如安置灯光的巨大瓦舍。

灯光点亮黑夜,明亮的道场。
那么微细的光粒子,那么微细的无念之思,无尘之魂,它的穿透具
备无限之大的能量,它具有的菩萨心,怀揣一个无极的发光宇宙。

找到明亮的灯盏。
刹那间,剔除了之前多少无用且多余的想法。
内心开辟一条无碍的通道。
赶赴而来的两行热泪,其间无声的忏悔,被照亮;其间绵绵的祝福
和敬诚,被照亮。
他的眼睛是他的岁月洗尘的海洋。

光阴啊,
允许他黑暗止步,
更允许他光明前行。

找到生命明亮的点灯人。

大地的眼睛。

望见一个人,心意辽阔,灯盏辉煌,光芒静好。

写作,必须是说真话的过程

写作虽然是一次诗意语境之下的文学虚构,但自始至终,心灵和情感的真,不可缺失。

保持对土地天空、人民群众、万物众生的虔敬,使得笔端有历史、有火把、有星辰、有神佛,也要有江河日月、村夫野老,有初衷雅正、意蕊心香。

我想起巴金先生那句"要说真话"。真话对于我们生活以及写作的重要,就像氧气对于我们的营养是一样的。诗歌,是语言和真情的寺庙,来不得半点亵渎和浪费。

珍惜语言之中蕴含的历史、社会和时代精神,坚守自由写作中话语的精纯无染,珍惜血脉之中千百年流淌的浩繁经典化育的道规德范,一切从这块土地出发,从千千万万人民的疾苦善愿出发,从仰宗敬祖的无量寿光处出发,从自净的胜意出发。

知道根在哪里,知道克己的内心在哪里,知道正规戒律在哪里,一切为真理说话,为真话的圣洁说话,是写作的根本和发现。

在日益泡沫化的时代,恪守自律和一句句真话,是非常难的,所以我更加认识了说真话,让一个写作者能够保持本真的尊严和道德良心,为道德所支撑的人,必须这样,使命需要这样做。

说真话,并非杜绝文学的虚构。文学的虚构,完全出自文本完美表达的技术性设计,作为语言秩序、文本结构、记忆匡正等关乎修辞、诗意、内蕴、形式等的个性写作创造行为是具有提拔、求正、先锋、易于言说、情境再造的性质。谙熟生存和诗意营造奥秘,以明亮之心,时刻"在一念间抓住真实和正义"(希尼语)。

说真话，说的是人间发自肺腑、清亮澄澈、至心信乐、干净圆满犹如日月辉光的话，犹如经卷典籍字字金耀的话。能够育化人心、感化时尚、美化灵魂的话。甚至没有半点假恶丑和虚化空泛。

唯因说真话之艰难，所以应该在我们创造的文学作品中体现真话度人、真话醒心的力量。

初春，东风说着温暖天地的真话，大片大片的花朵纷纷开放而倾听。上空，星星的光亮，抄写的一句句真话，墨汁般的黑夜被它照亮。正巧，窗外，小鸟嘁嘁喳喳，相互对语，自然天籁的真话，本纯无瑕而让人舒心。

为说真话的诗歌祝福。为说真话的诗人礼赞。为承载真话的妙境感服。“诗贵真，乃有神，方可传久。”（王文禄《诗韵》）

嗟夫！天覆地载，嚭诚斯言，唯善妙哉。

2019 年 12 月 28 日